Chara

警視庁十三階にて

春原いずみ

キャラ文庫

この作品はフィクションです。
実在の人物・団体・事件などにはいっさい関係ありません。

目次

口絵・本文イラスト／宮本佳野

ACT 1

「こんなところにあったのか」

綾瀬《あやせ》尚登《ひさと》は無意識のうちにつぶやいていた。

四万人を超える人間たちが蠢《うごめ》く東京《とうきょう》警視庁。その本丸とも言うべき本庁は霞《かすみ》が関《せき》にある。

多くの人々が忙しく行き交うビルの十三階。奥まった場所に、その部署は身を潜めるように存在していた。

警視庁公安部。

一般的に『犯罪』と呼ばれる殺人、傷害、窃盗《せっとう》などを扱う刑事部とは異なり、思想犯やスパイ、カルト、テロなどを扱う特殊な部署である。

内部は大まかに、国内犯罪を扱う公安課と海外がらみの犯罪を扱う外事課に分かれている。

その任務は、警察というよりもむしろ情報機関のそれに近く、同じ警視庁内にあり、同じ警察官として拝命していても、公安警察官がいったい何をしているのか、いや、誰が公安警察官なのかを、刑事警察官が知らないのは珍しいことではない。

「こんなところとはご挨拶《あいさつ》だな」

「……っ」

突然肩の辺りから降ってきたよく響く低音に、綾瀬は慌てて振り向いた。

「あなたは……」

身長は百七十の半ば。がっしりとした警察官体型とはほど遠い、すらりと華奢《きゃしゃ》な感じすらする体躯《たいく》を持つ綾瀬だが、警察官の必須《ひっす》である武道は一通り心得ている。特に合気道は段持ちだ。そんな綾瀬の感覚にまったく触れることなく、見事なまでに気配を消して、背後に立った男は見上げるような長身だった。

「てめぇの上司の顔くらい覚えとけと言いたいところだが、覚えられてちゃ困るんでな」

語尾まではっきりとした歯切れのいい話し方をする男は、まるで欧米人のように彫りの深い、端整な顔立ちをしていた。わずかに栗《くり》色がかって見える髪の色に、同じように栗色がかった瞳。ハーフと言われたら、ああそうかと納得してしまいそうな容姿であり、肩の張った抜群のバランスの長身は、日本人離れしている。しかし、彼があちらの血を引いているといった情報はまったく聞いていない。ただでさえ、血統にうるさい特殊な部署に、ほぼ入庁時から所属し続けているという御仁《ごじん》だ。この容姿は生まれついてのものなのだろう。

〝この人が公安警察官なのか？　こんなに目立つ人が〟

「失礼しました」

今まで抱いていた『絶対に目立ってはならない』『隠密』……そんな公安に対してのイメージをいきなり破壊されて、一瞬呆然《ぼうぜん》としかけ、綾瀬ははっと我に返った。内部の混乱は押し隠して、すっと一歩引いて、敬礼する。

「瑞木《みずき》警視正とは存じ上げませんで、失礼いたしました。綾瀬尚登です。本日付けで」

「んなこと、でかい声で言うな」

瑞木と呼ばれた男は綾瀬の腕を摑《つか》むと、目の前の何の表示もないドアを開けた。

「積もる愛の語らいは中でゆっくりやろうや」

「な……っ」

とんでもないセリフをさらりと吐いて、瑞木はにやりと笑う。

「二階級降格の綾瀬尚登警部補殿」

一歩足を踏み込んだそこは、一種異様な空間だった。広いワンフロアが信じられないほど細かくパーティションや書架で区切られ、そこに六つから八つほどのデスクが置かれた島になっている。ドアを開けただけでは、中にいったい何があって、何人いるかもわからない。ほとんどワンフロアだった刑事部とは大違いだ。

「こっちだ」

先に立って歩いて行く瑞木の広い背中を追いながら、綾瀬はこの部屋のもうひとつの異様さに気づいた。

〝誰も挨拶しないんだ〟

一緒に歩いている、綾瀬の新しい上司の瑞木……瑞木貴穂《たかほ》の階級は警視正。現場の警察官としてはほぼトップといっていい階級だ。そんな彼に対して、この部屋にいる誰もが会釈一つしないのだ。

刑事部なら、この若さ、どう上に見積もっても三十代の半ばと思われる若さで、警視正にまでのぼりつめた超エリートが歩けば、いくら心の中でこの野郎と思っていても、縦社会の哀《かな》しさで、必ず会釈程度の挨拶はするものだ。

しかし、かなりの人数がいると思われる室内はしんと静まりかえり、時折ごく低い打ち合わせらしい声が聞こえるだけだ。常に雑然とし、怒号すら飛び交っていた刑事部とはまったく異なる雰囲気に、正直綾瀬は面食らっていた。

「何なんだ、ここは」

瑞木の低い声がした。

「はい？」

心の内をいつの間にか声に出してしまっていただろうか。綾瀬ははっとする。瑞木が振り向いた。

「気配がそう言ってる」

ハーフめいたハンサム面が笑う。

〝何なんだ、この人は……〟

表情に乏しい。感情があるのかないのかわからない。子供の頃から、ずっとそう言われてきた自分の、いったい何をこの人は感じたというのか。

「しかし、感情がだだ漏《も》れな奴だな、おまえは」

あっさりと下された自分の第一印象めいたものに、綾瀬は思わず言葉を失った。

〝何を言っているんだ、この人は〟

わずか数分前に、初めて会ったはずのこの人は。


綾瀬尚登。

公務員上級試験をトップで通り、まさに鳴り物入りで警視庁に入った後、キャリアのコース通り、トップエリートとして順調に地方で昇進を重ねる。二十代の終わりにして、警視の肩書きと共に、再び警視庁に帰ってきた彼についたあだ名は『アンドロイド』。

まるでできすぎた人形のように完璧《かんぺき》に整った顔立ちに、感情を読み取れるような表情が浮かぶことは、まずない。モデルのように美しい容姿から、最初は彼の能力に疑念を持ち、『お飾りのかわい子ちゃん』とまで揶揄《やゆ》していた所轄《しょかつ》の警察官たちが、自分たちの認識がとんでもない方向に誤っていたことに気づくのに、それほど時間はかからなかった。

正確無比。沈着冷静。時に冷酷非道。

『あんたには、情ってもんがないのかっ』

警視庁に戻る直前、所轄の捜査二課長を務めていた時のことだった。横領事件のガサ入れ、すなわち家宅捜索で、泣いて拒み、部屋から出てこない高校生の娘を引きずり出しても、ガサをかけるよう命令した綾瀬に、年上の部下が噛《か》みついてきたことがあった。

『タンスだって探るんだぞっ。うちには婦警がいないんだ。本庁から応援をもらってからでもいいだろうが』

それまでも、きっと本庁から来た美形のエリートに反発を抱いていたのだろう。すでにその言葉は、上司に向かうものではなくなっていた。

『それで、証拠隠滅の機会を与えるんですか』

すうっと視線を上げた綾瀬は冷たい声で言ってのけた。一刀両断に斬《き》り捨てるような言葉の刃に、部下たちがぴたりと動きを止めるのがわかった。しかし、それがどうしたというのだ。

〝私は間違ったことは言っていない〟

『それが向こうの狙《ねら》いだったらどうするんですか。いくら警察でも、年頃の娘の下着にまで手はかけないだろう。そう見くびられているんですよ、あなたたちは』

それでも動かない部下たちの冷たい視線を背に、綾瀬は泣き喚《わめ》く娘を突き飛ばすようにして、自らの手でガサをかけた。三白眼気味の冷たい目で、娘を観察する。その視線が落ち着きなく注がれているのはたった一ヶ所だった。

『……ここですか』

高校生がつけるには派手すぎる下着の奥に容赦なく手を突っ込む。

『ありましたね』

綾瀬がするりと抜き出したのは、黒革の帳簿。ぱらぱらとめくるだけで、それが何を示すものなのかは、すぐに知れた。引き出しを抜き出し、下着をすべて床にぶちまけると、何冊もの帳簿が現れた。ちらりと見やる向こうで、さっきまで恥ずかしいと言って泣いていたはずの娘が、舌打ちしながら、綾瀬を睨《にら》みつけていた。

『押収します』

横領の証拠となる二重帳簿を部下に渡すと、綾瀬は用は済んだとばかりに、するりとその部屋を出たのだった。

後の取り調べで、娘は父親のやったことをすべて理解した上で、わざわざ派手な下着を買い込み、帳簿を隠す場所を作ったことがわかった。自分たちの裕福な生活が何によって支えられているのか、彼女はわかっていたのだ。

『パパがドジ踏まなきゃよかったのよ』

言い捨てた娘の顔は、すでに純粋な女子高生のものではなく、いっぱしの女のものだった。

『さすが、キャリアの考えられることは違いますね。私たち所轄のものは、女子高生の心理までは研究する暇がなくて』

事件解決後、皮肉っぽく言われた言葉に、綾瀬はまともに答えたものだ。

『女子高生の心理ではありません。犯罪者の心理です』

ものを隠すなら、絶対に探られないところに隠す。絶対に手を触れられない、手を触れたら抗議できる場所に隠す。そんな当たり前のことがどうしてわからないのか、逆に綾瀬には不思議でならなかった。

綾瀬には『情』とか『義理』とかいう言葉の意味が理解できない。生まれてこの方、そんなものをかけられた記憶がほとんどないからだ。

幼い頃のほんのひとかけらの記憶をのぞけば。


異動には少し中途半端な五月の半ばである。一週間の謹慎処分が解けた綾瀬の今日からの所属は、警視庁公安部外事一課第四係。階級は警部補だ。

「おまえのデスクはそこ。私物は一切持ち込めないから、そのつもりで。携帯も官給品を使ってもらう。筆記具その他もすべて同様。公安にいるといいぞ。雑費がいらんから、小金が貯まる」

　冗談とも本気ともつかない口調で言って、軽く椅子《いす》を蹴飛《けと》ばした瑞木はどさりと腰をかけ、唇をゆがめるようにして笑った。綾瀬にも顎《あご》をしゃくって、座るように促す。

「不服そうだな」

「不服ではありません」

　間髪入れずに、綾瀬は言葉を返していた。

「ただ、承伏しかねることがいくつかあるだけです」

「聞こうか」

　パーティションと書架に取り囲まれた息が詰まるような空間には、デスクが七つ。壁を背にした係長デスクと六つを一つの島にしたデスクが並んでいる。綾瀬の席は、係長である瑞木の右斜め前だった。

「警視からの二階級降格については、納得はしていませんが、組織にいる以上仕方のないことと思っています」

　綾瀬は背筋を伸ばしたまま、落ち着いた抑揚のない口調で言った。

　四月の初め、警視庁捜査二課に配属されて、最初の事件だった。

　綾瀬は所轄時代も含めて、警察官人生のほとんどを詐欺《さぎ》や横領、贈収賄《ぞうしゅうわい》などの金銭犯罪を担当する捜査二課で過ごしており、キャリアの道として、所轄から警視庁に戻った時も、当然のように二課に配属された。

その事件は、よくあると言えばよくある、公共工事の談合事件だった。綾瀬が所轄から異動してきた時には、すでに内偵は終了しており、後は詰めの捜査といった段階にさしかかって、二課は突然の捜査終了を宣言された。大物与党政治家から圧力がかかったのだ。

「仕方がない……か」

瑞木がうっすらと笑った。

「本当にそう思ってるのか？」

「そう思うしかないでしょう」

綾瀬は淡々と答えた。

捜査終了。捜査本部解散。すでにほぼ出来上がっていた調書もすべて引き上げられ、誰もが行き場のない感情にもみくちゃにされていた中、事件は意外な形で、突然の幕引きがなされてしまった。圧力をかけてきたと思われる政治家の私設秘書、いわゆる金庫番と呼ばれていた古参の秘書が「すべては私の一存でやったことです」という遺書を残して、自殺したのだ。

「すでに終結したはずの事件関係者をしつこくつけ回して、許可されていない事情聴取を強要した。しかも、単独行動。こんな勝手を許すほど、日本警察は甘くありません」

綾瀬は無表情なまま、言葉を続け、上司の顔を黒々とした瞳で見据《みす》えた。

「ほぉ……」

瑞木が感心したように声を漏らした。

「わかっててやってたんだ」

「当たり前です」

綾瀬はあっさりと頷《うなず》く。

本庁に戻ってすぐの事件。誰よりも勝ち気で負けず嫌いな綾瀬は、積み上げられた捜査資料を徹夜で読みあさり、この事件が『本物』であることを確信した。そして『本物』であれば、必ずそこには暴くべき『真実』があることも。ただ、その『真実』を握っているのが、生身の人間であることに気づかなかったのが、綾瀬の読みの甘さだった。

〝『真実』を葬り去るために、なぜ自分自身をも葬る必要があったんだ？〟

理性で割り切れないことがこの世の中に存在する。そのこと自体が綾瀬には信じられない。

「自殺されてしまったことは想定外でした。私が動くことで、彼の危機感を煽《あお》ったことは事実ですが、それは真実の告白を引き出すためでした。すでにトカゲのしっぽ切りのように、事務所を解雇され、社会的な地位もすべて奪われた彼が、自分を追い詰め、すべての罪をかぶせようとした男に殉じるとは思ってもみませんでした」

「それで、二階級降格の上、刑事部から追っ払われたわけだ」

含み笑いをしながら言う瑞木に、綾瀬は無表情のまま、冷たい視線を向けている。

「その問題を起こしたキャリアを、追っ払われた先の上司としては、いかがですか」

「別に」

顎の下に両手を重ねて、瑞木はにやりと笑う。

「未だ浪花節《なにわぶし》が通用するような部署に、おまえみたいなタイプは向かない。だから」

コンコンと指の節で軽く綾瀬のデスクを叩《たた》く。

「ここに来てもらったんだ。いや」

すいと顔を近づける。

「引きずり込んだんだ」

そして、彼は身軽に立ち上がった。

「じゃあ、早速行くか」

「え？」

思わず見上げると、映画俳優ばりのハンサム面が笑った。

「仕事だよ。仕事。こんなところで居眠りするために、おまえを呼んだわけじゃないぜ？」


警視庁公安部外事課。

その職務の主眼は一言で言うなら、カウンター・エスピオナージ、すなわちスパイ狩りである。公安部が情報機関に近いと言われる所以《ゆえん》がここにある。スパイ相手に闘いを挑もうというのだ。こちらも情報を操り、駆使し、徹底した頭脳戦〜インテリジェンス〜を仕掛ける。

「こんなことは、おまえの優秀なおつむには、十分に入っていることだとは思うがな」

綾瀬は着任したその日の午後に、いきなり外に連れ出された。なぜか、車も使わず、地下鉄を乗り継いでたどり着いたのは、五月の爽《さわ》やかな風も柔らかな光も射し込まない、カーテンを引き回したワゴン車だった。

「おまえではありません。私には綾瀬尚登という名前があります」

「そりゃ失礼、綾瀬警部補」

路肩に駐《と》めたワゴン車の中で、瑞木はいくつものモニター画面をチェックし、ヘッドセットをつけたままで言った。

「もともと公安てのは、外部どころか内部にも知られちゃまずいようなことを山ほどやってるし、知ってるから、刑事部の連中からすりゃ、不気味以外の何物でもないだろう?」

「否定はしません」

綾瀬が公安部に異動になると発表された時、刑事部はざわめいたという。綾瀬自身も漠然と公安部の仕事内容は知っていても、実際に誰が、どんなことをやっているのかと問われれば、首をかしげるしかない。同じ警視庁内部にいて、廊下ですれ違っていても、刑事部の人間には、誰が公安部の人間なのか、わからないことすらあるのだ。それほど『公安部』は多くの謎を抱える部署なのである。

「それで、今はどんな事件を？」

広い車内には、驚くほど精密な電子機器が所狭しとセッティングされていた。警察官としては少々変わり種である理学部出身の綾瀬の目で見て、そのほとんどが監視カメラや盗聴用の機器であることは何となくわかったが、それにしても、あまりにも本格的すぎる。

〝これはちょっとした電子の要塞《ようさい》だな〟

何台もあるモニターのうちの二台ほどに映し出されているのは、長身の白人男性だった。

〝いったい……誰だ〟

ワゴン車には、綾瀬と瑞木の他に、もう一人の刑事がいた。運転席にいるのは、綾瀬よりも軽く二回りは上だろうと思われるベテランの公安刑事だ。

「関《せき》さん、六本木《ろっぽんぎ》かい？」

「どうでしょう。昨日は渋谷《しぶや》、一昨日は新宿《しんじゆく》、その前は銀座《ぎんざ》。そろそろこっち方面と踏んではいますが」

落ち着いた口調で関と呼ばれた刑事は答えた。

「タフですよ、奴は。まさに筋金入りですね」

「は、しかもその筋金はワイヤーでできてやがる」

吐き捨てるように言って、瑞木はモニターを見ている。

「追い追いわかってくるだろうから、ご丁寧なレクチャーはしねぇが、俺たちが追っかけてるこの男は……ま、一言で言えば悪い奴だ」

「係長」

　さすがにきょとんとしている綾瀬に、関が笑っている。

「それじゃあ、わかりませんや」

「そうでもねぇさ」

　瑞木は肩をすくめてうそぶく。

「俺たちがマークするのは、悪人ばかりじゃねぇ。時には、これ以上ないってくらいの善人もいる」

「見解の相違。もしくは視点の違いということですか」

　綾瀬は抑揚のない声で言った。

「性悪説をとる気はありませんが、この世の中に百パーセントの善人などいません。ある一面、たとえば家族に見せる顔はこれ以上ないくらいに家族思いの顔でも、経営者としては冷徹で鬼と呼ばれるものがいます。公安部外事課が追う以上、個人的には善人であっても、国家に対しては悪人ということになるはずです」

「ほぉ……」

　関が軽い嘆声を漏らしている。

「これは……係長、一本取られましたか」

「俺の目に狂いが生じたことがあるか？」

　瑞木が唇をゆがめて笑う。

「この俺が自らもらい受けてきた超絶エリートだぜ？　見てくれだけのわけがねぇだろうが」

〝いったいどういうことなんだろう……〟

　モニターはどうやら隠しカメラによる映像らしく、ずっと見ていると平衡感覚がやられそうなほど揺れる。

〝自らもらい受けたって……〟

　確かに、突然の異動命令だった。

　異動早々、命令無視の上、一般人を自殺に追いやった責任を取れと言われ、自宅謹慎処分となった。次は懲戒《ちょうかい》免職かと思っていたところに、突然の公安部へのコンバート命令は、さしもの綾瀬をも混乱させた。

　刑事部から公安部への異動はほとんどないと言われている。公安部は顔を知られてはならない隠密を基本としている。綾瀬が今回コンバートされたのは、警視庁刑事部での勤務経験が非常に短く、まだそれほど顔を知られていないと見られたからだろう。

　しかし、時には警察官自体を監視、逮捕する権限も持つ公安部は、ある意味究極の警察組織であり、恐ろしくプライドの高いエリートの集団である。そこになぜ、懲罰人事として自分が配置されたのか、綾瀬は理解に苦しんでいた。

「あの」

「お……」

瑞木が微《かす》かに声を上げた。

「関さん、当たりかもよ」

モニターしていた男が動き出したのだ。

「浜田《はまだ》追尾」

『了解』

低い答えが返ってきた。カメラが動き出す。バッグにでも仕込んであるのだろう。

「……浜田脱尾。笹倉《ささくら》追尾」

『了解』

『了解』

メインモニターが切り替えられた。カメラが変わったのだ。つまり、尾行者が変わったのである。

「同じところ……」

「笹倉脱尾。結城《ゆうき》つけ」

『了解』

『了解』

尾行者はめまぐるしく入れ替わる。時にはわずか数十メートルで入れ替わっていく。

「浜田、上で待て。西だ。お客さん、そっちに出るぞ」

『了解』

「笹倉、六本木方面、次の駅で降りろ。お客さん戻るぞ。徒歩で戻る。待機」

『了解』

「結城脱尾。池田《いけだ》追尾」

『了解』

『了解』

「瑞木警視正」

「めんどくせぇな。係長でいい」

よびかけた綾瀬に、モニターを続けながら、瑞木が答えた。

「何だ」

「どうして、こんなに細かく尾行者を変えるんですか」

「必要だから」

とりつく島もなく、瑞木が言い捨てる。

「関さん、そこ右。パーキングに入って駐めて」

「了解」

「係長っ」

「ああ、うるせぇな」

瑞木はじろりと色素の薄い瞳で睨みつけてきた。どこか人間味の薄い、ガラスめいた瞳だけに、その迫力はまるで切れ味の鋭い刃物のようだ。

「これ」

ぽいと投げ出されたのは、数枚の写真だった。今、四人の捜査官が追いかけている白人男性をいろいろな角度から撮影したものだ。

「ユーリ・コルチャコフ。ロシア人。三十七歳」

「ロシア人……」

「ロシア大使館駐在武官。バリバリの……外交官だ」

「係長」

イヤホンをつけていた関が運転席から振り返る。

「笹倉スルーです。お客さん、真っ直ぐ六本木に向かってます」

「おやや、今日はずいぶんと簡単な点検だな」

瑞木がモニターに向き直る。

「じゃあ、こっちも方向転換するか。関さん、悪いが」

「さぁて、どこで捕まえましょうかねぇ」

車が滑り出した。

「係長、点検って……」

「ちょっと黙ってろ」

開いたままセットされているノートパソコンのディスプレイ上には、都内の地図が映し出され、そこに追尾中のモニターの位置とこの車の位置が赤い点と青い点で示されている。瑞木はじっと動き始めた二点を見つめている。

「点検ってのは、奴ら……つまりエージェントが尾行されているかどうかを確認する作業のことです。追っかけるこっちがプロなら、あっちもプロ。尾行しているこっちをすべて撒《ま》くまで、もしくは尾行されていないことを確認できるまで、こんな風に意味もなくぐるぐると同じところを歩き回ったり、地下鉄に突然飛び乗ったり、飛び降りたり……」

瑞木の指示を待たないまま、関は車を走らせながら、説明してくれる。

「そんなことを延々と、奴らは四時間以上も続けます。場合によっては、まる一日八時間以上も引きずり回されることもあります」

「関さん、次の信号左に入って」

「了解」

車は渋滞をすいすいとかいくぐり、六本木駅近くのパーキングに滑り込んだ。

「浜田、ついてるか」

『あと二十秒で六本木に着きます』

「隣に移れ。おまえは脱尾してよし。撤収だ」

『了解』

「結城追尾。上に出たら、俺がつく。そこまでフォロー」

運転席の関がえっと声を上げる。

「係長自らご出馬ですか」

「ああ」

脱いでいたスーツのジャケットを羽織り、瑞木はざっと淡い色の髪を両手でかき上げる。

「せっかくの五月晴れ《さつきば》だ。たまには外の空気も吸わないとな」

そして、綾瀬を振り返る。

「そうだろ？　綾瀬」

「私もですか」

「関さんはこいつ、このささやかな、俺たちの憩《いこ》いの場の唯一無二のドライバー殿だ。他に誰がいるよ」

「しかし、係長」

関が苦笑している。

「僭越《せんえつ》ですが、係長と綾瀬くんのコンビじゃ、目立ちすぎでしょう」

刑事の尾行は隠密が基本だ。確かに、まるで欧米人のような体格と容姿を持った瑞木と人形のように整った容姿の綾瀬の二人連れは、目立つことこの上ない。

「いいんだよ。日本の美人を奴に見せびらかすいい機会だ」

「係長」

綾瀬がひどく不快そうに眉《まゆ》をひそめる。

「美人というのは、私のことですか」

「当たり前だろ。他に誰がいる」

ヘッドセットを運転席から後部に回ってきた関に渡し、ネクタイのゆるみを直して、瑞木が言った。

「何か文句でもあるのか？」

「私の知識の範囲内では、美人というのは女性に対する形容詞です。私はこの通り、女性ではありません」

「そりゃ、おまえの知識の大いなる誤りだ」

ワゴン車のサイドドアを開けて、瑞木は外に出る。突然現れた美丈夫の姿に、通りかかった女性たちが驚いたように振り返っている。

「美人は美人。その字の通り、美しい人だ。男だの女だの関係あるかよ」

「私は常識で言っています」

さっさと歩き出してしまった上司の後をついて行きながら、綾瀬は小声で不服を申し立てる。

「係長は私を何だと思っていらっしゃるんですか」

「何だと言われてもな」

瑞木は右手をスラックスのポケットに突っ込んだまま、歩き出した。百九十近くあるに違いない長身を誇るように、背筋を真っ直ぐに伸ばし、颯爽《さっそう》と歩いて行く姿は、どこからどう見てもエグゼクティヴの風格が漂い、とても公安刑事とは思えない。

「さっきも言った。美人は美人だ。褒《ほ》めてるつもりなんだがな」

「私には褒め言葉とは受け取れません」

警察官が仕事中にする会話ではない。いつもなら、さらりと聞き流せるはずの自分の容姿に対する発言が、なぜか瑞木の口から出ると引っかかる。とてつもなく馬鹿にされている気がして、向かっ腹が立つ。

〝何でだろう……〟

「それは受け取り方次第だな」

低く響く声で言って、瑞木はふっと笑う。

「俺は褒め言葉として言ってる。人のことは知らんが、俺は美人は好きだ」

「な……っ」

「おっと、お遊びはここまでだ」

瑞木の気配が一瞬にして変わった。空気感が変わったとでも言うのだろうか。突然隣にいた人間が消えた。そう感じられるほど見事に、うっとうしいほどだった存在感がかき消えて、これほど目立つ容姿を持つ人なのに、まるでここから消えてしまったかのように、強いオーラが消え失せ、彼は雑踏の中に身を沈めた。

〝何なんだよ……これは……〟

いったいに公安警察官は、尾行術に長《た》けていると聞く。一年以上にわたってつけ回され、内偵を進められていたのに、いざ告発されるまで、自分が内偵を受けていたことにまったく気づかなかった警察官も珍しくない。ある意味尾行のプロとも言える刑事部の人間にも尾行を気づかせないほどのテクニックを公安警察官は持っているのだ。

「お客さん視認」

低く囁《ささや》く声。いつの間にか、瑞木の耳には目立たないイヤホンが突っ込まれ、彼は少し顔を傾けるようにしている。ジャケットの襟元《えりもと》についているピンマイクに声を拾わせているのだ。

綾瀬もイヤホンに神経を集中した。

『了解。脱尾します』

「ご苦労さん。関さんが待ってる。合流してくれ」

そして、彼はちらりと視線を綾瀬に流すと、小さく顎を振って、ついてこいと命じた。

ACT 2

コーヒーのいい香りが漂っていた。

「贅沢《ぜいたく》してる……」

警視庁公安部外事一課第四係。それが綾瀬《あやせ》の異動先の正式名称だ。通称ソトイチ瑞木《みずき》班。瑞木貴穂《たかほ》警視正をトップに据える瑞木班は、綾瀬を含めて六人の捜査官と瑞木の計七人で成り立っている。

「ああ、それ、係長の私物だよ」

コーヒーメーカーから漂う香ばしい香りに、ちょうど席にいた笹倉《ささくら》が言った。彼はこの瑞木班がいちばん長いのだという。綾瀬がここに着任して、すでに一週間。万事にクールな公安刑事たちは、綾瀬に対して特に構えることもなく、淡々と接してくれる。

「と言っても、自分はほとんど飲まないけどね」

「……」

ちらりと見たコーヒー豆の袋には、ブルーマウンテンの文字。

「百グラム二千円くらいするらしいよ」

「どうして、自分で飲まないんですか？」

「ここに座ってることなんか、ほとんどない人だからね」

確かに、瑞木は自席にいることがほとんどない。同じ部内にいても、他の係長と打ち合わせをしたり、会議に出ていたりで、席を温めている暇はないらしい。いても、コーヒーなど飲んでいる暇なく、さまざまな書類や資料をチェックしたり、報告を受けて、指示を出したりの仕事に忙殺されている。

「……無駄ですね」

「確かにな」

ちょうど戻ってきた関《せき》が笑った。もっともこの班で年配の彼は、所轄の刑事課から刑事部捜査一課での勤務が長く、都内の道を知り尽くしている。捜査車両の運転で、彼の右に出るものはいない。カーナビのGPSなどより、関の頭の方がずっと正確で効率がいいとは、瑞木の弁である。

「ま、俺たちはお相伴《しょうばん》にあずかれるから、ありがたい話ではあるけどね」

遠慮なく、たっぷりとコーヒーを落とし、カップに注ぎ分けながら、笹倉が笑った。

「外でコーヒーなんか飲めないからね、俺たちは」

「……確かに」

公安が過酷だという話は聞いていた。尾行や張り込みは、刑事部の仕事の範疇《はんちゅう》でもあるが、公安では、刑事部がよく使う物量作戦が事実上不可能なのだ。どんな捜査でも隠密が基本であるため、大量の人材を投入できない。人の網が広がれば、秘密の漏洩《ろうえい》の危険もまた広がる。そのため、どんな事件でも、捜査官は最低の人数まで、ぎりぎりに絞られる。つまり、まったく替えのきかない状態になるのだ。時に八時間以上にも及ぶ尾行も、チェスの駒《こま》のように指示を出す係長の指揮の下、ひたすら動き回ることを要求される。体力よりも気力、ずば抜けた忍耐力と集中力を要求される仕事なのだ。

「ああ、今のお客さんの行動分析、終わったんだ」

係長席に綾瀬が置いた書類の山を見て、笹倉が言った。

「はい」

公安部に移って、綾瀬が楽になったと思ったことがひとつある。それは公安刑事独特のドライさだった。彼らはすべての事象を十メートルくらい離れたところから、斜め四十五度で見るような感性を持っている。彼らは必要以上に綾瀬に干渉せず、綾瀬個人にはまったくと言っていいほど興味を持っていないようだった。興味を持つとしたら、自分の今やっている仕事に関係のある部分だけだ。

「んじゃ、今日あたりから指示が変わるか」

笹倉がつぶやいた時だった。

「明日だな」

低く響く声。何の気配もないまま、突然瑞木の長身が現れて、綾瀬はうっかり声を上げてしまうところだった。しかし、笹倉も関も慣れているようで、軽く会釈しただけだ。

「今日はロシア大使館で、来日中の外務大臣の歓迎レセプションだ。いくらスパイとはいえ、名前だけは大使館付きの外交官だ。奴も動きゃしない」

いつ見ても、瑞木は実に姿勢がいい。長身の人間は猫背になりやすいものだが、この男はまるで欧米人並みの自分の体格を誇示するかのように、恐ろしく姿勢がいい。これだけの体躯を持ちながら、見事なまでに気配を消してみせる彼は、恐らく某《なにがし》かの武道の心得があるのだろう。

「ササ」

「はい」

瑞木といちばん付き合いの長い笹倉は愛称で呼ばれている。

「これ」

ばさりと投げ出した書類の束。

「二係の宮原《みやはら》係長からの貢ぎ物」

「ほぉ」

「細かいことは読んどいてくれ。宮原さんもいろいろ言ってたが、まぁ、読んだ方が確かだろ」

「了解。いよいよ動きますか」

「たぶんな。奴もそろそろじれてくる頃だろ」

肩をすくめると、瑞木はひょいと指先を上げて、綾瀬を見た。そして、まるで猫の子の喉《のど》をくすぐるように、ちょいちょいと指先で呼ぶ。綾瀬はちらりとそちらを見ただけで動かない。

瑞木の方が笑い出す。

「何だよ、呼んでるんだから来い」

「私は犬や猫ではありません」

「犬猫の方が可愛《かわい》げがある」

この上司とやり合うのは、ある意味不毛だ。

〝この人は私を一人前の部下として扱っていない〟

それは綾瀬のプライドを腹立たしいまでに無視するやり方だった。しかし、苛立《いらだ》ちながらも、ここに配属されて、すでに一週間。綾瀬の理性は自分が確かにここではまだ半人前ですらないことを知っている。

〝あんなものを見せられちゃ、そう思うしかない〟

衝撃は、初めてここに来た日に、いきなりガツンとばかりに与えられた。

「お客さん視認」

ワゴン車から降り立つなり、瑞木はそう言い、追尾していた部下を脱尾、尾行を中止させた。

〝いったいどこに〟

情けないことだが、その時点で、綾瀬には尾行対象がまったく見えていなかった。ちゃんと対象者の写真も見せられていたし、マップ上の位置もわかっていたにもかかわらず、そのふたつの情報と目の前の雑踏がうまくリンクしなかったのだ。

「さて、行くぞ」

瑞木は颯爽と歩き出す。

「行くって……っ」

どこへと言いかけて、綾瀬はぴたりと口を閉ざした。キャリア警察官として順調に歩いてきた綾瀬にとって、いちばん警察官の仕事として泥臭いとも言える尾行は、あまり経験したことのないジャンルの仕事だった。だからこそ、極秘でやっていたはずの捜査に失敗し、被疑者に自殺されてしまったのかもしれない。

「ひとつ教えといてやるが」

ほとんど唇を動かさず、正面を向いたままで、瑞木が言った。

「追尾中だからといって、こそこそする必要はない」

「別にこそこそなんか」

「背中が丸まってる」

すうっとジャケットの背中を撫《な》でられて、身を引きそうになる。

「おまえみたいな歩き方をしてたんじゃ、お客さんに見つかる前に、不審者として通報されそうだ。堂々としてろよ」

「……係長は堂々としすぎです」

世の中に、これほど目立つ容姿をした尾行者がいるだろうか。一瞬ちらりと見ただけで、ネクタイの色まで覚えてしまいそうなほど、瑞木は目立つ。その長身もハーフめいた容姿も、身にまとったエグゼクティヴ然とした豪奢《ごうしゃ》なオーラも。

「心配すんな。これが俺の武器だ」

「武器？」

思わぬ答えに、上司の方を振り向こうとした時、綾瀬の視界にようやく長身の外交官の姿が映った。

「お、ようやくわかったか」

瑞木が間髪入れずに指摘してくる。

「……」

この上司の前では、自分は歩き出したばかりの子供も同様だ。綾瀬は仏頂面になりそうな負の感情を理性の力で抑え込み、ポーカーフェイスのまま、コンパスの長い上司の後を追う。

「もう一度伺います」

「どうぞ」

のんびりと歩いているように見えて、その実、瑞木の全神経が数メートル前を歩くロシア人外交官に注がれていることを綾瀬は感じていた。肌で感じるひりひりするような緊張感。

「……」

「どうした？　質問は？」

緊張の糸はそのままに、相変わらず瑞木の口調はのんびりとしている。

「いえ……」

「おまえと話した程度でお客さんを見逃すほど、俺の目は節穴じゃねぇぞ」

伝法な物言いと品格すら漂う上質の容姿。瑞木の持つイメージはばらばらだ。何にしても。

〝少なくとも、警察官にだけは見えないな〟

自分が警察官に見えないという自覚はある。どこに聞き込みに行っても、バッジを示しても、なかなか信じてもらえないという経験を嫌と言うほどにしている。しかし、この上司は自分以上だと思う。

〝そういえば、武器って……〟

「……係長の武器というのは、何ですか」

自分を武器という人間には初めて会った気がする。綾瀬はふと気になったことを尋ねてみる。

「だから、この中途半端なハーフ面と規格外れの体格だ」

瑞木はあっさりと言ってのけた。

凡人から見れば、羨《うらや》ましくなるような整った顔立ちや、すらりとした欧米人並みのプロポーションも、本人に言わせるとしごくあっさりと片付けられてしまうらしい。

〝確かに、いろいろな意味で規格外れだよ……〟

「スパイにもテリトリィがあってな」

すいすいと見事に雑踏をすり抜けながら、瑞木は低い声で言う。

「奴は極東《きょくとう》の担当だ。来日も今回で三回目。他にも香港《ホンコン》や上海《シャンハイ》、ソウルなんかでも目撃されている。つまり、奴は極東、アジアのスペシャリストだ」

「それと係長の容姿に関係が？」

「俺はこの通り、アジア人としては規格外だが、案外欧米人に混じると違和感がないんだ。奴は極東担当として、アジア人を見分ける特殊な訓練を受けている。つまり、仕事中の奴はアジア人に意識が集中している。見慣れた欧米人種に近い容姿を持った俺は、無意識のうちにスルーする方に振り分けられるんだ」

話しながら、瑞木が足を速めていく。どんどんターゲットの背中が近づいてくる。綾瀬は少しずつ自分の心拍数が上がってきていることに気づいた。息が切れているわけではない。ただ、緊張感に耐えられなくなってきただけだ。

〝尾行でこんなに……近づくなんて……〟

刑事部での尾行は、必ずターゲットとの間に人を置いていた。そうした対象がいない時は、見失わないぎりぎりまで距離を置く。それがセオリィだった。しかし今、すでにターゲットはわずか二メートルほどの位置にいる。

〝振り向かれたら……終わりじゃないか……っ〟

背中を嫌な汗が伝っていくのを感じたその時だった。

「おまえみたいなクールビューティーにそういう顔は似合わねぇなぁ」

のんびりとした口調で瑞木が囁いた。ついでにとんでもないことまで口走る。

「あんまり俺以外の男を凝視するなよ。嫉妬《しっと》するぞ」

「係長っ」

綾瀬の焦りをよそに、瑞木の歩調はまったく変わらない。まるで散歩をするようにゆったりと、しかし、そのコンパスの長さを強調するように、意外なほどの速さで、彼は歩いて行く。

〝……っ〟

その男の横を通り過ぎる時、彼はちらりと綾瀬に視線を送ったようだった。ひやりと首筋のあたりが冷たくなる感覚。しかし、彼……追尾対象であるロシア人外交官は、特に警戒する様子も見せることなく、瑞木と綾瀬の後ろを歩いている。

「尾行対象を追い越すなんて……っ」

「後ろから追っかけるばかりが能じゃねぇだろ」

さらりと言うと、瑞木はすいと右に曲がった。驚いたことに、追尾対象の外交官もまた後ろについてくる。

〝そんな……馬鹿な……〟

「瑞木」

軽く襟元に顔を寄せて、瑞木がマイクに声を拾わせている。

「浜田、どこだ」

『六本木駅です』

「お客さん、渡す。1a、麻布《あざぶ》署側だ。上で拾え」

『了解』

「今日はここでおっ放す。大使館に戻ったところで撤収してよし」

『お疲れ様でした』

「はいよ」

そして、瑞木の指示したとおり、追尾対象者は地下鉄六本木駅へと吸い込まれていったのである。

異動一日目は、まさに激動としか表現のしようのない一日だった。

「……」

綾瀬が住んでいるのは、警視庁の単身寮だ。昔は庁舎の上層階が寮だったなどという恐ろしい話もあったらしいが、今はありがたいことにマンションとまではいかないが、アパート程度の暮らしはできる寮が必ずどこの警察署にもある。ひっそりと静かな通路を抜けて、綾瀬は自室のドアを開けた。

「疲れた」

いつもなら、ぐっと飲み込む言葉が今日は素直に出てしまった。薄いローンのカーテン越しの月明かりを頼りに中に入り、冷蔵庫を開ける。入っているのは、ミネラルウォーターのボトルくらいのもので、殺風景この上ない。ボトルキャップをひねりながら、リビングのソファにどさりと身を投げる。

「疲れた」

もう一度つぶやいて、明かりもつけないまま、冷たい水をからからになった喉に流し込んだ。

生活感のない部屋だ。

警察官になり、ここから車で一時間ほどのところにある自宅を出る時に、綾瀬はほとんど何も持ってこなかった。警察学校の頃には制服があったし、所轄に出てからはスーツで用が足りた。食事は外食ですませ、部屋に帰っても寝るだけだ。テレビもベッドも備え付けのもので十分だった。この部屋に引っ越してきて買ったものといえば、この寝心地のいいソファくらいのものだ。休みの日には、ここで一日うとうととまどろんでいる。そういえば、この部屋の明かりをつけたのは、いったいいつが最後だっただろうとぼんやり考える。毎日、寮の前にある街灯の明かりで着替え、そのままベッドに潜り込むような生活だ。

「公安……か」

自分は刑事警察官には向いていないと思っていた。警視庁に入庁して、すでに六年。今回の降格まで、未解決事件にもぶち当たらず、まるでマシンのようだと言われながら、淡々と仕事に打ち込み、どこの所轄でも過去最高と呼ばれる成績を上げてきた。それでも、そこに充実感はかけらもなかった。自分の理想の通りに運ばない物事に常に苛立ち、他人とのコミュニケーションに躓《つまず》き、神経をぎりぎりまですり減らしながら、いつも、呼吸困難と闘っているような感じだった。

「私は……」

不祥事を起こし、警務部への出頭を命じられて、公安部への異動を告げられた時、綾瀬はふっと自分の中に淡い期待のようなものがわいたのを感じた。もしかしたら、そこには自分の居場所があるかもしれない。自分の求めるものがあるかもしれない。それが何なのかは未だにわからないのだが。

「どこに行くんだろう……」

確かに、公安部は異空間だった。所轄にも刑事部にもなかった異質の感覚がそこにはあった。初めて、引き回される感覚。常に先に立って走り続け、誰もついてこられないことに苛立ちを感じていた自分が、初めて、先を歩くものに引きずり回される感覚を覚えた。

刑事部の仕事には、ゴールがあった。逮捕・起訴がひとつのゴールだ。そこに向かって、いがみ合いながらも、刑事たちは走り続けていた。しかし、公安部での仕事のゴールが、綾瀬にはまだ見えない。いや、スタートラインすら見えていない。

冷たいボトルを胸に抱えて、綾瀬は目を閉じる。瞼《まぶた》がひどく重くて、熱い。もうネクタイを解くことすらおっくうになっている。これほど疲れたのは、いったいいつ以来だろう。ついて行けなくて、いくら走ってもついて行けなくて、足下がおぼつかなくなったのは。

「……寝よう」

あの人は。

豪奢なオーラをまとい、綾瀬が見えていないものを見ているあの人は、今、いったい何をしているのだろう。何を考えているのだろう。

いつになく深い眠りの海に引き込まれていきながら、綾瀬は最後の意識を手放す前に、ふとそんなことを考えていた。

ACT 3

季節はいつの間にか、春と言うより初夏の色合いを帯びていた。車窓の外にこぼれる緑が目に痛いほど鮮やかだ。

「……ご自分で運転なさるとは思いませんでした」

助手席に座った綾瀬《あやせ》はぼそりと言った。

瑞木《みずき》の運転は、驚くほど丁寧で滑らかだった。

異動から一週間。ばたばたする前にすましちまおうとつぶやいた瑞木に、出かけると言われ、ついてこいと言われた時、てっきり自分が運転させられるものと思っていた綾瀬は、助手席のドアを開けられて、思い切り面食らった。

捜査車両の運転は、通常部下に当たるものがさせられることが多い。指示を出すものがいちばんに車を降りることができるようにだ。事実、綾瀬は今まで、単独行動以外で捜査車両を運転したことがない。

しかし、出かけると言った瑞木は何のためらいもなく、するりと運転席に滑り込み、ハイヤーの運転手よろしく、実に上品で見事なドライビングテクニックを披露《ひろう》してくれたのである。

「ろくにてめぇで運転したこともねぇキャリア様の車になんざ、怖くて乗れるか」

「……一応、Ｂ級ですがライセンスは持っています」

「そりゃ意外だ」

にやりと笑われる。この人にとっては、自分のすべてが笑い事らしい。こんなことは初めてだ。

「今度、族狩りにも貸し出してやろうか」

「……結構です」

そう言い返すしかない。

〝何なんだ、いったい……〟

「でも、係長だって、キャリアではないのですか？」

「ああ、まぁ、一応そうだな」

この若さで、警視正という階級はキャリアでなければあり得ない。

「でも、俺はおまえと違って、ちょっと踏み外してるから」

「踏み外す？」

「そ。俺はさ、おまえさんみたいに、所轄でキャリア積み上げて、駆け上がってねぇから。警視正になったのも、つい去年のことだ。おまえが転げ落ちてなきゃ、俺なんざ、簡単に抜かしてたと思うぜ」

「どういうことですか?」

「俺は警備部から公安に来たんだよ」

「え」

警視庁警備部。その名の通り、VIPの警備を主な任務とする部署だ。なぜか、警備部に所属する警察官は出世が早いため、所謂《いわゆる》エリートコースと呼ばれている。

「望んで来た」

瑞木はさらりと言った。

「おまえはそうじゃなさそうだけどな」

「……」

公安部も警視庁の中ではエリートコースと呼ばれている。しかし、その任務の過酷さと特殊性に尻込《しりご》みするものが多いのも事実だ。実際、エリートと呼ばれる人種は公安部の上層部のみであり、瑞木のように現場を駆けるのは、ほとんどが巡査か巡査部長、係長クラスでようやく警部という階級だ。警部よりも二階級も上の警視正である瑞木が、いまだ現場を離れず、幹部ではない係長という地位にいること自体が異常なのだ。

「理由をお聞きしたら、教えていただけるのですか」

綾瀬の問いに、瑞木はふふんと軽く鼻を鳴らす。

「まだ、教えてあげない」

ハンドルを切りながら、彼はふざけた口調で言った。

「ほれ、着いた。この話はまた暇な時にでもな」

〝暇な時なんて、あるか〟

車は意外な場所にたどり着いていた。

「東京高等検察庁……？」

高等検察庁とは、高等裁判所と対になる形の検察機関だ。地裁に対するのが地検なら、高裁に対するのが高検である。

〝捜査とは全然無関係じゃないか〟

綾瀬は思わずつぶやいていた。

「どうして、こんなところに？」

「ん？　ご挨拶」

警備員に親しげに声をかけ、指示された場所に車を駐めた瑞木は、綾瀬のつぶやきにまともに答えた。そのまともさに、逆に綾瀬は面食らってしまう。

「ご挨拶って……」

確かに、警察と検察は共に捜査権を持つ機関であり、一見同盟めいて見える関係であるが、案外反目し合うところもある。同じ捜査権や逮捕権を持ちながら、実のところ、検察の最終的な許可がなければ、警察は詰めに動くことができない。どこから見てもクロにしか見えない容疑者でも、状況証拠ばかりで公判が維持できないと判断すれば、検察は起訴を見送る。いくら地団駄《じだんだ》踏んで悔しがっても、警察の持つ力には限界があるのだ。その限界を作るのが検察なのである。

「しかし、係長」

車を降り、さっさと受付で身分証を提示して、面会の許可を得ている瑞木に、綾瀬は慌てて追いすがった。

彼に会ってから、自分は彼の背中ばかりを見ているような気がする。いつもいつも追いすがってばかりのような気がする。

〝私を追いかけさせる……〟

いつもひとの前を走ってきた。誰も追いついてこないことに苛立ち続けてきた。なのに、今の自分はいつも息せき切って、はるか先を行く男を追いかけている。

〝こんなのは初めてだ……〟

彼に出会ってから、世界がぐるりと回転して、別の顔を見せたような気がする。毎日開く警視庁の扉。見飽きていたはずの場所が別の世界に変わった。それほど、瑞木の存在は綾瀬にとって、見たことも感じたこともないものだったのだ。

「あ……」

「陸《く》検事に面会を」

勝手知ったる様子の瑞木にようやく追いつくと、すでに彼は面会の許可を取っていた。

〝陸……？　変わった名前だな……〟

字面がすぐに浮かばず、彼が書いた面会許可願の文字を見て、ようやくわかった。

「係長、ご挨拶と仰《おっしゃ》いましたが」

かつかつと気持ちのいい靴音を立てて歩いて行く瑞木の背中を追いながら、言う綾瀬に、彼はうっそりと振り返った。

「あ？」

「私たちが直接関わり合うのは、高検ではなく、地検なのでは？」

「うっせぇな」

端整な容姿から出てくるのは、相変わらず驚くほど崩れた言葉だ。初めて会って以来、綾瀬は瑞木がまともな言葉で話しているのを見たことがない。というより、まともに話してもらったことがないという方が正しいだろう。

〝この人は、私を認めていない〟

それは何よりも綾瀬のプライドを傷つける感情だった。今の綾瀬は、いろいろなものが身体の中、心の中でぐるぐると渦巻いて、その渦に自分でおぼれかけているような状態だ。

〝こんなのは……私ではない……〟

綾瀬の葛藤《かっとう》など、お見通しで無視しているのか、まったく気づいていないのか、瑞木は初めから今まで、一貫した態度を崩していない。つまり。

〝私の存在など、眼中にはないということか〟

「ここの検事殿は俺の個人的な知り合いだ」

瑞木は面倒くさそうに言った。

「係長の？」

「ああ。ま、腐れ縁ってのがいちばん正しい表現だな」

まったく迷いのない足取りで、瑞木は広い庁舎内を歩いて行く。地検には、送検のために何度か通ったこともある綾瀬だが、高検に足を踏み入れるのは初めてだ。地検独特のどこか雑多な雰囲気はなく、しんと密《ひそ》やかな静けさが印象的だ。ここで扱っている事案自体が、地検よりも少ないせいだろう。しかし、地検から高検に上がってくる事案は、より難しい判断を迫られるものが多い。最高裁からの差し戻しなどといったら、その難しさはまさにとんでもないレベルだ。

〝こんなところに知り合いがいるって……こんな大変なところに……〟

検事にも警察官と同じように階級がある。当然のことながら、地検よりも高検検事の方が格が上である。より難しい事案を取り扱うのだから、当然といえば当然である。

「まぁなぁ……高等なんてついても、要には体《てい》のいい中間管理職だな」

まるで、綾瀬の心の中を読み取ったかのように、瑞木がのんきな口調で言った。

「地検からは突き上げられ、最高検からは押しつぶされる。可哀想なもんだよ」

言いながら、彼は一枚のドアを無造作に開けた。

「その可哀想は私にかかる言葉かな」

ノックもせずに瑞木がドアを開けた瞬間、涼しい声が返ってきた。

「相変わらず、君の来訪は突然だね、瑞木警視正」

『検事　陸雅臣《まさおみ》』。そう書かれたプレートを置いたデスクに座っていたのは、フレームレスのメガネがさまになる、インテリ然とした男性検事だった。瓜実顔《うりざね》の白皙《はくせき》は、瑞木のような派手さはないものの、けちのつけようがないまでに整った顔立ちである。柔らかいベルベットのような声で彼は言った。

「私が席にいないことをまったく考えていないね」

「勘だけはいいもんでね、陸検事」

いつものように右手をスラックスのポケットに突っ込んだままで、瑞木はにやりと笑った。

「てより、いつ来てもいるあんただ。暇なんだろ?」

遠慮も何もない暴言に、検事室にいる事務官が軽く吹き出している。どうやら、傍若無人な瑞木の来訪には慣れているらしい。

「では検事、私は」

すっと立ち上がり、ファイルを抱えて、事務官は検事室を出て行った。

「あんたんところの事務官は気が回りすぎるな」

苦笑する瑞木に、陸は肩をすくめた。

「気が利くと言ってくれないかな。彼には、君にはない学習能力がついているんだよ」

落ち着き払った、甘ささえほの見える口調。滑らかな声。人間は第一印象や先入観に弱いものだ。生まれ落ちてこの方、慌てたり、苛立ったり、激高したりしたことは一度もありません
……こんな雰囲気を持つ検事が相手では、弁護士はさぞやりにくいことだろう。

「それで？」

陸はいかにもホワイトカラーらしい指の長い手を軽く組んで、そこに顎をつけた。

「そちらが、公安の問題児の元に蹴り飛ばされた哀れな子羊くんかな？」

「いいかげん、あんたも口が悪いよな」

ぽんぽんと遠慮なく言葉を投げ合う二人に、綾瀬は圧倒されている。

〝何なんだ……この二人は……〟

公安刑事と高等検察庁検事。接点がありそうでなさそうな組み合わせだ。どちらもどこか規格外という意味では似たもの同士という気もするが、立場的には微妙に接するところがない。どことなく居心地悪げな綾瀬にはお構いなしに、瑞木は言った。

「俺を公安に配属させた時点で、警視庁は今までのカウンター・エスピオナージのやり方じゃ

検事
陸　雅臣

だめだと悟って、新しい形を模索し始めたんだと、俺は受け取ってるって言っただろ」

〝え?〟

「まぁ……やけくそという気もするけどね」

ふふっと軽く笑って、陸が受ける。

「でも、君が考えるほど、公安は頑《かたく》なではないよ。私が見る限りでは、刑事部よりもずっと……いい意味で柔軟、悪い意味で手段を選ばない狡猾《こうかつ》さがある」

「狡猾さね。あんたにぴったりの言葉だ」

「褒め言葉として受け取っておこうかな」

〝陸雅臣……どこかで聞いたことが……〟

綾瀬は人よりも多少記憶容量の多い自分の頭の中を検索し始めていた。目の前にいる優美この上ない美貌《びぼう》の検事。顔を見たことはないが、その少々変わった名前にどこか引っかかるものを感じたのだ。

「あ……」

答えが出た。思わず上げてしまった微かな声に、陸が眼を細める。

「おや……彼は私のことを知っているようだね」

「そりゃ、警視庁始まって以来の美貌と才能の超キャリアだ。あんたの悪い噂《うわさ》くらい拾ってるさ」

瑞木が唇の端をつり上げた。

「高検に巣くう鬼。『辻斬《つじぎ》りの陸』の名前くらいはな」


辻斬り。

そんな古風で物騒なふたつ名を持つ検事がいる。

噂を聞いたのは、綾瀬が入庁して間もなくのことだった。

「反論の余地も何もなく、気がつくと彼の思うがままに裁判は進み、背中から斬り捨てられるがごとく、構築してきた弁護理論はすべてばらばらにされている……」

「そんなにかっこいいもんじゃないがな」

高検からの帰り道。助手席に長々と手足を伸ばしリラックスした瑞木が言った。

「あの人が辻斬りと呼ばれるのは、斬るそぶりも見せないままに相手を斬り捨てる非情さがあるからだ」

「斬るそぶりも見せないままに斬り捨てる……」

「あの人に言わせりゃ、斬る必要があるからだってことになるけどな」

「係長」

ハンドルを切りながら、綾瀬は言った。

「どうして、私を陸検事に会わせたんですか」

「だから、ご挨拶って言っただろ」

「答えになっていません」

渋滞をすり抜ける綾瀬のテクニックに、瑞木が軽く口笛を吹く。

「ひとつ覚えておいた方がいいと思うから言うけどな」

眠くなってきたな。そんな風にのんびりと独りごちてから、瑞木は言った。

「答えを見つけようとするな」

「え」

ぴしゃりと言われて、思わず綾瀬の手が止まりそうになる。あぶねぇなと笑って、瑞木は綾瀬の手の甲を軽く叩いた。

「刑事部の扱う事件と違って、俺たちが追っかける事件には、逮捕や起訴という名の答えが出ないことが間々ある……ってより、その答えを出させないために動くことの方が多い。答えを探すつもりで頭を働かせていると、自分が実際にやっていることとの乖離《かいり》に苦しむことになるぞ」

瑞木の言葉は今まででいちばん真摯《しんし》で、それだけにつかみ所のない抽象的なものだった。

「仰っていることの意味がよくわかりません」

後ろからクラクションを鳴らされるが、軽く無視する。いやしくも覆面パトカーが黄色から変わったばかりとはいえ、赤信号を無視できるか。

「刑事は事件が起きてから動く。逆に言えば事件が起きなければ動けない。しかし、俺たちは違う。事件が事件として表沙汰《おもてざた》になる前に動き、事件になる前に火を消すことが仕事だ。つまり」

「容疑者を被告人にさせないということですか」

間髪入れない綾瀬の答えに、瑞木がにやりと笑った。

「頭の回転のいい子は好きだよ」

「子供扱いは心外です」

信号が変わった。綾瀬は少し乱暴に車を発進させる。

「おっと」

サイドハンドルに軽く手をかけて身体を支えながら、瑞木が苦笑する。

「見かけによらず、血の気の多い奴だな。おまえ、そんな性格でよくすまし顔のキャリアやってたな」

「私を子供扱いするのは、あなただけですから」

「そうかぁ？」

警視庁に戻ればいいんですかと仏頂面で確認する綾瀬に頷いて、瑞木は続けた。

「おまえ見てると、世間知らずが服着て歩いている感じだがなぁ」

いわゆるエリートコースを歩んできた。幼稚園のお受験から始まり、一流と呼ばれる名門校で学び、長期の休みには海外にも短期留学した。上級公務員試験にはトップ合格。官僚ではなく、警視庁という選択をしたのは、親の言いなりになるのが何となくおもしろくなかったからだ。

親の敷いたレールに乗ってきた。考えるのが面倒だったからだ。話し合うのも面倒だった。綾瀬が自分の我を通したのはただ二回。大学の専攻を決めた時と警視庁入りを決めた時だけだ。綾瀬には自分の才に関する自負がある。決して頭の回転は悪くないし、知識を詰め込むだけの容量もある。はっきり言ってしまえば、自分にできないことはないと思ってきた。

「……それでは、あなたはどれほど世間を知っているというんですか？　あなただって、キャリアのはずです」

この訳知り顔の男だって、公務員上級試験を受けて、何百人もの警察官の頭の上を飛び越えた世間知らずのキャリアのはずだ。綾瀬の反発に、瑞木は微かに苦く笑い、上を見るような仕草を見せた。

「少し言い方が悪かったな。おまえが知らないのは、真の正義、本当に正しいことはいったい何かということだな」

「本当に正しいこと？」

車は警視庁の地下駐車場に滑り込んでいく。ぴたりと一発で車庫入れを決めた綾瀬に、瑞木は驚いたように口笛を吹いた。

「さっき言っただろ？　俺たちの仕事は犯人をとっ捕まえることだけじゃないって」

「はい」

「……時には、逆に被害者をとっ捕まえなきゃならんこともある」

「被害者を……捕まえる？」

意外すぎる言葉の真意を問いただそうとした時、瑞木の携帯が震える気配がした。

「瑞木」

この男のモードは瞬時に切り替わる。まるで機械のようだと、ふと綾瀬は思った。ふざけた口調や態度の裏で、彼は常に緊張し、神経をぎりぎりまで張り詰めて、何かの気配を追っている。

「……動くか。……わかった。すぐに出てくれ。俺も綾瀬と追っかける」

「係長」

「ほい、運転交代だ」

素早く車を降りた瑞木は、さっさと綾瀬を運転席から引きずり出し、自分がそこに座った。腹が立つほど後ろに座席をずらし、ミラーの位置を変える。

「さっさと乗れ。置いてくぞ」

「……」

この男は嫌いだ。気に入らない。綾瀬の中にあるプライドという硬い鎧《よろい》にくるまれたコンプレックスを引きずり出して、白日の下にさらす。

「乗らないのか」

「乗ります！」

できる限り乱暴にドアを閉めることだけが、綾瀬に残された微かな抵抗だった。

ACT　4

今、数十メートル先を歩いている男。

ユーリ・コルチャコフ。三十七歳。駐日ロシア大使館駐在武官。

「てのは、あくまで表向き」

さりげない風を装って、綾瀬《あやせ》の隣を歩いている瑞木《みずき》が言う。

六月に入り、雨の日が多くなっていた。今日も傘をさすほどではない程度の霧雨が、時折軽く頬《ほお》を撫《な》でている。

「あれはバリバリの現役スパイ。SVRの局員だ」

「SVR……ロシア対外情報庁ですか」

「KGBの後継機関だな。まったく、そんなことの代替わりなんざしてもらわなくていいんだがな」

極東《きょくとう》担当のロシア人スパイは涼しい顔で、今日も公安部外事一課第四係の刑事たちを振り回していた。綾瀬が赴任する前からの追尾というから、すでに二ヶ月以上も、瑞木班はこの男を追い回していることになる。二ヶ月もこの不毛な追いかけっこをやっていると考えただけで、合理性の権化である綾瀬など気分が悪くなりそうだ。つい性急に尋ねてしまう。

「彼は何を探ろうとしているんですか」

「それは奴に聞いてくれ」

瑞木の答えは人を食ったもので、実に素っ気ない。思わず綾瀬は言い返してしまう。

「捜査対象が何なのかわからないままで、捜査はできないでしょう」

「できるよ」

瑞木の答えは端的だ。

「ササ、お客さん渡す。ＪＲ新宿《しんじゅく》駅南口だ。逃がすなよ」

『了解』

「係長」

相変わらず、瑞木の追尾術は、尾行の初心者である綾瀬からすると、信じられないものだった。

基本的に、彼は対象者からあまり距離を置かない。右になり、左になり、時に前に出、さりげなく後ろにつき、対象者の行く先を完璧《かんぺき》に把握する。

公安刑事は、いったいに追尾術に優れていると言われているが、中でも瑞木のそれは群を抜いているのだという。

「係長の追尾は怖いよ」

そう評したのは笹倉《ささくら》だ。

「俺たちも追い抜きの追尾ってのはやるけど、係長は完璧に前を歩く。そのまま、一キロでも二キロでも平気だと思う。全身で相手の息づかいや思考、筋肉の動きまでを察知して、どこに行こうとしているかを探る。あの人が撒《ま》かれたのを、俺は見たことがない」

〝確かに……笹倉さんの言うとおりだ〟

「さて、こっちは先回りするか」

軽く手を挙げると、すうっと寄り添ってきたのは、関《せき》が運転するワゴン車だ。

「今日は新宿ですか」

ワゴン車に乗り込むと、すぐにヘッドセットが渡される。

「ああ。たぶん、接触するな」

「係長」

ヘッドセットをつけながら、瑞木がうっそりと顔を上げる。

「うっせぇな」

「奴らが何を狙《ねら》ってるかなんざ、とっ捕まえてみなきゃわからねぇよ。俺たちの仕事がどういうもんか、まだわかってねぇか?」

冷戦が終了し、ペレストロイカと共にソビエト連邦は崩壊したが、やはり、仮想敵国と言わないまでも、彼らロシアが日米同盟に対して、危惧《きぐ》と言っていいほどの強い関心を持ち続けていることは確かだ。

「しかし、接触って……いったい誰と」

「さてな」

外事警察とも呼ばれる公安部外事課の捜査法は独特だ。彼らは事件が発覚するぎりぎりまで、自分が何を追いかけているのか知らない場合が間々あるという。目標を持たないままの追跡。猟犬としての強いプライドと自信がなければ、精神力を保つことはできないだろう。

『係長』

ヘッドセットに声が入ってきたらしい。パチリとスピーカーがオンになる。

『どうも、まずいですね……』

瑞木班の班員である結城《ゆうき》の声である。

『お客さんの周囲に、二課の連中がうろついてます』

この場合の二課とは、公安部ではなく、刑事部捜査二課である。

「二課……」

綾瀬の古巣だ。たった一ヶ月の在籍ではあったが、所轄でもずっと二課畑を歩いてきた綾瀬にとっては、聞き捨てならない。

〝何で、金銭犯罪が専門の二課がロシア人スパイを？〟

「奴がターゲットってのはあり得ねぇな」

「まだ何もしちゃいませんからな。内偵ですらない」

　関が応じる。

「てことは、奴の接触する相手か……」

　瑞木は軽く利き手の爪を噛《か》むような仕草を見せてから、ヘッドセットのマイクに話しかけた。

「ササ、戻れるか」

『三分で』

　瑞木が笹倉を呼び戻している。珍しいことだ。

「結城、お客さんから少し距離を置け。二課の動きに気をつけろ」

『了解』

　と、ガラリとワゴン車のドアが開き、笹倉が戻ってきた。細いメタルフレームのメガネに黒っぽいスーツ、中肉中背の平均的な体格。一目見て、彼の特徴を覚えろと言っても、かなり難しいとしか言いようのない、言ってみれば『平均的日本人サラリーマン』である。この平凡な容姿の中に、彼は叩《たた》き上げの公安刑事の恐ろしいほどの能力を隠し持っているのだ。

「何かありましたか」

「ああ」

　ヘッドセットをつけたまま、瑞木が応じた。

「お客さんの接触相手、コバンザメをつけてやがった」

「コバンザメ?」

「二課だ」

「はぁ……」

そりゃ面倒ですねと言いながら、笹倉はちらりと綾瀬を見た。綾瀬が捜査二課出身であることを覚えているのだ。

「綾瀬」

瑞木の声。彼の声は、あのビロードのような声を持つ検事にはさすがにかなわないが、低くよく響く声だ。

「はい」

「今、二課が追っかけてるのは何だと思う」

「……どこの班ですか」

綾瀬が捜査二課から蹴《け》り飛ばされて、まだ一ヶ月ほどだ。そうそう、持っている案件が大きく動いているとは思えない。これが捜査一課や四課あたりなら、ドラスティックに事件が動くこともあるのだが、二課の場合、扱う事件が、詐欺《さぎ》や贈収賄《ぞうしゅうわい》など、立件に時間のかかるものばかりなので、よほど詰めに入っていない限り、一ヶ月やそこらでそうそう進展もないだろう。

「笠置《かさぎ》班……ですね」

不意に笹倉が言った。

「え？」

振り返ると、彼はいつの間にかヘッドセットをつけ、何かを一心に聞き取っていた。

〝まさか……〟

「彼らが追っかけてるのは……やっぱり、お客さんじゃありません。南関東理科大《みなみかんとう》の……」

「風間《かざま》教授です」

思わず、綾瀬は言っていた。

「風間教授の研究費流用の件なら、だいたいのところはわかっています。ですから」

視線の力を強くする。

「二課の無線傍受はやめて下さい」

笹倉はインテリジェンス、情報戦のプロだ。彼の本来の専門はもともと工学系であり、追尾用のカメラや盗聴機器の準備は、彼の仕事となっている。瑞木が笹倉を追尾から呼び戻したのは、二課の無線傍受が目的だったのだ。

「ササ」

「はい」

「期待の新人殿のリクエストだ」

「了解」

笹倉がヘッドセットを外す。綾瀬はくっときつく唇を噛んだ。

「……私に喋《しゃべ》らせるためだったんですね……」

潔癖な綾瀬の性格を、すでに瑞木は読み取っている。目の前で、同胞ともいえる警視庁内での無線傍受を、綾瀬がよしとしないことなど百も承知なのだ。それをあえてやってみせる。彼一流の揺さぶりだ。

〝部下に向かってやるか、それを……っ〟

クールビューティーと呼ばれ、アンドロイドと呼ばれた綾瀬の感情を揺さぶり、強引に口を開かせる。インテリジェンスのエキスパートのやり方はどこまでも狡猾《こうかつ》で冷酷だ。

「南理の風間っていえば……」

「……人工衛星の専門家です。日本のみならず、アメリカやヨーロッパ諸国の打ち上げる人工衛星の設計も手がけています」

メモも何も見ずに、綾瀬はすらすらと言う。綾瀬自身の手がけた事件ではなかったが、同じ二課にいれば、それなりに情報は入ってくるし、綾瀬の人並み外れたＣＰＵを搭載した頭脳は、記憶の切れ端にでも引っかかってきたものは、決して忘れない。

「人工衛星か……」

瑞木がつぶやく。

「軌道計算も当然しているわけだよな」

「それも含めての設計ですから」

　視線を外したまま、綾瀬は答える。相手の質問にちゃんと答えられているのに、これほど腹が立ち、悔しいことは初めてだ。これは部下に対して報告を求めているのではなく、一種の尋問だ。それもひどくトリッキーな手段を使っての。

「ホシ屋がこんなところをうろうろしてるってことは」

　ヘッドセットのマイクを跳ね上げていた瑞木が、それを戻した。

「結城、お客さんから離れろ。大至急だ」

『了解』

　突然の追尾中止にも、部下たちは動じない。

「関さん、ちょいと無理してもらうぞ」

「スポーツカー並みの走りは期待しないで下さいよ」

「うわ……っ」

　車が急発進する。大型ワゴン車とは思えないほどのスピードとテクニックで、車は走り出していた。

「結城、二課のパトは何台出てる」

『……視認できたところでは二台ですね』

「ササ」

再び、笹倉がヘッドセットをつけている。

「……ええ。二台です。……笠置警部はまだ車内ですね」

「おフダはまだ取れてねぇはずだ……」

おフダとは警察関係の隠語で、逮捕状のことを言う。

「綾瀬」

ちらりとこちらを見た瑞木の栗《くり》色の瞳が、光の加減なのかわずかに金色めいて見えた。日本人離れと言うよりも、もっと動物的な禍々《まがまが》しいそのぎらつきに、一瞬綾瀬は気圧《けお》される。

「……私の知る限りでは、逮捕状はまだ取れないはずです。とにかく物証がなくて、内部告発者の証言に頼っている状態でした」

瑞木が自分に何を求めているのかわかるのが、少しだけ嫌だった。それでも、優秀な警察官としての本能が、綾瀬の固い口を開かせる。

「ただ、この一ヶ月間、あの笠置さんが腕をこまねいていたとは思えません。恐らく、某《なにがし》かの証拠は見つけたのでしょう。後は任意で引っ張って……といったところでしょうか」

「まぁ、学者さんだからな、結局は」

車はJR新宿駅に近づいていた。

「サツに引っ張られりゃ、顔色も悪くなるってもんだ」

瑞木が脱いでいたジャケットを羽織り直す。

「関さん、ジュクでパト駐《と》めるとしたら、どこかな」

「二課のシマはいまいちわかりませんがね」

関の運転は恐ろしく正確だ。無茶をやっているようでいて、危なげはまったくない。

「結城の離脱場所から考えるなら……」

ワゴン車が滑るように駐まる。

「ここですね」

「綾瀬」

瑞木がドアに手をかける。

「はい」

「出るぞ」

「え」

ドアの向こうに、二台のセダン。見るものが見ればわかる覆面パトカーだ。

「係長」

無線傍受を続けていた笹倉の声が背中にぶつかる。

「任意行きますね」

「のんびりしちゃいられねぇな」

ドアが開いた。

「行くぞ」

公安部外事一課瑞木班の島には、窓がない。明かりをつけなければ、そこはいつも薄い闇《やみ》の中にある。

「……」

コーヒーの落ちる微かな音。香ばしく漂う香り。極上の空気感の中で、綾瀬は痛みをこらえるように、きつく唇を噛みしめていた。

すでに他の捜査員は帰宅していた。帰れる時には帰る。帰れないとなると、一週間でも十日でも帰れなくなるのだ。それが警察官の常識である。

「これが……正義なのか？」

コーヒーは笹倉が落としていってくれたものだ。すべてにクールで、斜め四十五度の姿勢を崩さない公安刑事らしからぬ好意である。

「これが国を守る正義なのか？」

綾瀬の唇から掠《かす》れた声が漏《も》れた。

「そのために……犯罪行為を見逃すのか？」

「清濁併《あわ》せ呑《の》むって言葉、知らねぇか」

低い声。すぐ隣に立たれるまでまったく気づかれないほど、見事に消した気配。綾瀬は顔を上げることもないままに立ち上がり、瑞木に背を向けて、二杯のコーヒーを入れた。

「……お疲れ様でした」

「ああ、疲れたねぇ」

今日の一悶着《ひともんちゃく》の後、警視庁に戻ってじきに、瑞木は刑事部に呼ばれていった。もちろん、相手は刑事部長と捜査二課長だろう。

「まったく、日本語通じねぇ相手に説明するの、疲れるわ」

瑞木がごそごそとポケットを探った。煙草《たばこ》を引き出し、少し周囲の気配を窺《うかが》ってから、火を点《つ》ける。

「庁内禁煙では」

カップを差し出した綾瀬に、瑞木は肩をすくめた。

「いちいちうっせぇな」

「あなたはいつもその一言で済ませようとしますね」

綾瀬のやや三白眼気味の黒い瞳がじっと瑞木を見つめる。

「清濁併せ呑む……何が清で、何が濁なのか、教えていただけませんか」

何の抑揚もない淡々とした口調で言う綾瀬に、瑞木は唇をゆがめるようにして笑う。

「おまえ、可愛《かわい》いな」

「話をそらさないで下さい」

「いんや、全然そらしてないぜ?」

ふっと紫煙を吐いて、瑞木はガラスのように透き通る栗色の瞳で、綾瀬を見た。

「前にも言っただろ? 真の正義、本当に正しいことはいったい何か」

「これが正しいことなんですか?」

綾瀬は思わず、手にしていたカップを叩きつけるようにして、デスクに置いていた。

「二課が任意をかけようとしていた被疑者に近づいて、警察が追っていることを知らせる。任意は拒否できることを耳打ちする。そして……っ」

今日の午後に起こったことを思い出すだけで、綾瀬は身体が震えるのを感じていた。


「お久しぶりです。笠置警部」

霧雨の中、瑞木の声は朗々と響いた。

「み、瑞木……っ」

覆面パトカーから降り立ち、被疑者である風間教授に任意同行を求めようと、まさに歩き出していた笠置の前に立ちはだかったのは、瑞木の長身だった。

「こんなところでどうなさったんです?」

綾瀬はその場に縫い止められたように凍りついていた。

基本的に、警察官……特に私服警官の行動は隠密だ。少なくとも、人通りのあるところで階級までつけて声をかけることはあり得ない。しかも、任意同行の直前に。

〝捜査妨害……〟

これが噂《うわさ》には聞いていた、公安による捜査妨害か。

いい意味でも悪い意味でも、公安部の捜査は手段を選ばない。たとえ相手が同じ警察機構である刑事部でも、決して例外ではない。あくまで優先するのは、自課の捜査であり、それを全うするためなら、他課の捜査妨害など当然のごとくやってのける。

笠置の反応と瑞木の人を食ったような挨拶《あいさつ》から、これが初めてではないことがわかった。恐らく、何度もこうしたやりとりはくりかえされている。

「おまえこそ、何しに来た」

笠置の口調は荒かった。瑞木よりひと回りは上と思われる笠置だが、明らかに階級は瑞木が上だ。完全階級社会の警察ではあり得ない二人の言葉の応酬に、そこにある強い確執が伝わってくる。すでに風間は素早く雑踏に消えている。恐らく、すぐに弁護士を呼び出し、押収されそうな資料はすべて破棄し、二課が駆けつけた頃には、完全に証拠は隠滅されているだろう。

「ご挨拶ですよ。大先輩に敬意を表するためのねぇ」

不敵な笑みを浮かべて、瑞木は言う。

「珍しい姿をお見かけしたので、一言ご挨拶申し上げようと思いまして」

「何が挨拶だ！」

笠置はふだん現場に出ることはほとんどない。ここぞといったところに姿を見せるのだ。常に現場の先頭を駆ける瑞木一流の痛烈な皮肉である。

「……覚えてろよ、瑞木」

憎々しげに笠置が吐き捨てる。

「ただで済むと思うなよ……」

「やめて下さいよ」

瑞木がからりと笑う。

「捜査二課長ともあろう方が、やくざまがいの捨て台詞《ぜりふ》なんか」

任意同行はタイミングがすべてだ。瑞木は見事なまでに、それを外させたのである。もともと物証に乏しかった事件を笠置の力業でここまで持ってきたのだろう。それを邪魔された。しかも、同胞であるはずの警察官に。捨て台詞のひとつも吐きたくなるのは当然である。ふと、その憎々しげな視線が、瑞木の背後にそれた。口元がゆがむ。

「おい、瑞木の背中に隠れてるキャリア殿」

綾瀬は笠置班ではなかったが、つい一ヶ月前まで二課に所属しており、警視と呼ばれるトップエリートだった。それが今は、笠置よりも下の階級である警部補だ。

「おたくを追い出した二課に意趣返しできて、さぞ気分がいいだろうな」

はっと顔を上げる。笠置の周囲に戻ってきていた刑事たちの視線が、瑞木を通り過ぎて、綾瀬の人形めいた顔に集中していた。

〝何なんだ……〟

「もうそっちでうまくやってるわけだ。こんな鬼瓦《おにがわら》よりも、そっちのハンサムなエリート様の方にしっぽ振った方がいいもんな」

「……っ」

憎悪と蔑《さげす》みの目。視線。綾瀬の奥歯がぎりりと音を立てる。

「そりゃ、美人にはハンサムがつきものだ」

一触即発のびりびりとした空気を、瑞木ののほほんとした人を食った言葉が突き破る。

「綾瀬は優秀ですよ。うちの小難しい連中も舌を巻くくらいの力をつけている。さすがは二課で鍛えられた逸材でしてね。うちにいただけて何よりでした」

薄い唇の端がくっとつり上がる。

「ではまたいずれ」

「二度と……俺の前にその面見せるな」

笠置が吐き捨てる。軽い殺意すら感じる視線に、瑞木は艶《あで》やかなまでに完璧な微笑で答える。

「あなたたちが、私たちに追いかけられるような所業をなさらない限りは」

笠置の顔が一瞬にして、鬼の形相に変わった。

「……失せろっ！」


「なぜなんですか」

綾瀬は苦いものを飲み下すような表情で言う。

「なぜ、あんなことをなさったんですか」

「今、風間を逮捕されては困る」

当然のように、瑞木は答えた。

「今、奴を押さえられてしまっては、お客さんが飛んじまう可能性が高い」

飛ぶとは、スパイが出国してしまうことだ。外交官特権を持つエージェントは簡単に国外に出ることができる。そうなってしまうと、彼らが狙っていたものすらわからなくなってしまう。

「だから……被疑者を逃がして、ひとつの罪をつぶしたんですか」

「罪……ね」

ふっと、瑞木が振り向いた。彼の瞳は今、淡い闇を映して、底にあるものの見えない深い色だ。

「風間のやったことは何だ？　研究費の流用？　どこまでが研究費か、素人《しろうと》の俺たちにわかるのか？　研究に必要なコンピュータを買っても、それが他の研究にも使える汎用《はんよう》性の高いものだと、経費にならないんだぜ？　人手のいる実験のためにバイトを雇うことも認められない。学会に同行させる学生の旅費だって認められない。どこからどこまでが研究費で、どこからがそうでないのかなんて、俺たちにはわからない。だから、結局任意で引っ張る程度のことしかできないんだ」

「しかし……っ」

「税金が使われてるってか？　奴らはもっともっと巨額の無駄遣いには手を出せないんだぜ？　たかだか数百万を摘発して、何億、何十億には手が出せない。そんなパラドックスから、たったひとつを振り落としたからって、それほどのことか？」

「論点をずらさないで下さい」

綾瀬は軽く顎《あご》を上げて、瑞木を見下すような目つきをする。三白眼気味で、切れ長の目を持つ綾瀬のそんな視線は、部下や同僚たちに嫌がられたものだ。しかし、得体の知れないエリート警察官は動じることもなく、薄い笑みさえ浮かべている。

「ほんとのことだ」

さらりといなして、瑞木はデスクの引き出しから取り出した携帯灰皿に吸っていた煙草を落とした。

「あんな小物捕まえたって、どうにもならんことくらい笠置さんだってわかってる。ま、俺が同情するとしたら、彼の警察官としてのジレンマくらいのもんだね」

「……そうですね。あなたには……わからないでしょうね」

声の奥に、苦く暗いものをにじませて、綾瀬は言った。

「あなたの行動で、私のような処分者が出るかもしれないなんてことは」

ん？　と瑞木が眉《まゆ》を上げる。綾瀬はうっすらと口元に冷たい笑みを浮かべた。

「ソトイチがお国を背負っているのはよくわかりました。あなたは日本という国にとってはヒーローでしょうね。いくらでも、その気分に酔って下さい。その陰で、私のように処分され、蹴落とされていく警察官を足下に踏みしだいて、高みへと駆け上がっていけばいい」

その瞬間、何が起きたのか、綾瀬にはわからなかった。

「……っ！」

すうっと伸びてきた手に、逆手に胸元を摑《つか》まれたことはわかった。殴られると思った。こんなシチュエーションは珍しくない。ただ、そこから先の展開が今までキャリアという鎧《よろい》に守られてなかっただけの話だ。しかし。

突然ふさがれた唇に、奪われた吐息に、飲み込まれた言葉に頭が真っ白になった。胸元を摑まれて引き寄せられ、強く腰を抱かれて、与えられたのは息をすることもできないほど深い、突然のキスだった。突きのけることもできない。強引に入り込んできた舌先に声も何もかも奪われて、ただなされるがままに蹂躙《じゅうりん》される。

「……覚えておいた方がいい」

再び唐突に、軽く突き放されて、とんっとデスクにぶつかってよろめいてしまう。

「うるさい口を黙らせるのは、力だけじゃない」

涼しい声。見上げることもできない瞳は恐らく、人間の色をしていないガラス玉。

〃何なんだ……この人は……〃

「お疲れ」

さらりと手を振り、瑞木は背を向け、固い靴音を残して、公安部を出て行ったのだった。

ACT 5

「ホシですか……」

つぶやいたのは笹倉《ささくら》だった。この場合のホシは、警察の隠語である犯人を示すものではない。文字通りの星、人工衛星を指す隠語である。情報機関で使われる言葉だ。

「そうなると……何となく見えてきますね」

二課と悶着を起こした翌日である。あの事件のおかげで、ロシア人スパイの目的が見えてきたのだ。皮肉と言えば皮肉な話である。

「お客さんの目当てがホシとなると、今のところ、奴が接触済みで、該当するお相手は……」

結城《ゆうき》がパソコンのディスプレイに二人の男の顔写真を出す。

「この二人になりますね」

警視庁外事一課第四係瑞木《みずき》班のメンバーが、珍しく揃《そろ》っていた。係長である瑞木のデスクのまわりに集まり、これからの捜査方針を話し合っている。

綾瀬《あやせ》は少し瑞木と距離を置いて、他の捜査員の後ろに立つ。

昨日はほとんど眠れなかった。眠りに落ちようとする瞬間が訪れると、まるでフラッシュバックのように、あの理解できない瞬間がよみがえってきて、眠りへの道は断ち切られてしまう。ベッドの中で転々とし、気がつくとすでにカーテンの向こうは明るくなりかけていた。おかげで今日は見事なまでの睡眠不足で、自分でも顔色が冴《さ》えないのがわかる。

〝いったい……何が起こったんだ……〟

理解できない疑問符で頭の中はいっぱいだが、その原因たる風変わりな上司は、まったくいつもと変わらない、すっきりとしたハンサム面なのがしゃくに障る。

〝神経の太さが違うんだ……っ〟

「誰だ?」

無意識のうちに睨《にら》みつけてしまう綾瀬の視線などきれいに無視して、椅子《いす》に深々と身を沈めた瑞木が落ち着いた声で言う。

「こっちのツラは公務員だな」

瑞木の言葉に、関《せき》が小さく笑う。

「その通りです。身分証明書からのコピーですから」

綾瀬ははっとした。少し緊張して、きまじめに正面を向いている顔は、確かにスナップなどではなく、免許証などによくある証明写真だ。ただ、ブルーバックではないことから、運転免許証ではないことがわかる。

「名前は真城悦夫《しんじょうえつお》。三十二歳。現在の身分は内閣調査室傘下の内閣衛星情報センター所属の研究員です」

「内調かよ……」

はぁっとため息をついて、瑞木は天を仰ぐ。

内閣調査室とは、警察、検察と肩を並べる捜査機構だ。権限は他捜査機構とほぼ同じだが、その実態は実にわかりにくい。同じような案件を扱うはずの警視庁公安部でも、彼らが何をやっているのかよくわからない。ただ、彼らもまた国家のために動いているはずだ。その内調の職員がロシアのスパイと接触している可能性があるというのは、ある意味究極の背信行為だった。

「世も末だな」

「しかも、奴の前歴を聞いたら、係長、もっと絶望したくなりますよ」

結城が不気味なことを言う。

「綾瀬」

「……はい」

今、ディスプレイに映し出されている二人の男の予備調査をしたのは綾瀬だ。公安に移って日の浅い綾瀬は、持ち前の負けず嫌いと天性の頭の回転の速さによって、驚異的なスピードで公安刑事としての身のこなしを身につけてはいるが、さすがに百戦錬磨の同僚たちと同じというわけにはいかない。どうしても、こうした細かい内部調査が仕事の主となってしまう。

今、ディスプレイに映し出されている二人の名前は、ここに移ってじきの頃、三週間ほど前に渡されたリストの中にあったものだ。ロシア人スパイがパーティなどで接触した人物をすべてリストアップしたもので、そこには膨大《ぼうだい》な数の名前があった。

「真城悦夫は、三年前まで陸上自衛隊員でした。隊員と言っても、実行部隊ではなく、市ケ谷《いちがや》の情報保全隊の所属で、最終的な階級は三等陸尉。防衛大在学中から研究畑一筋で、専門は……軍事衛星の運用です」

「なぁるほどねぇ……今もか?」

何を考えているのか、瑞木はいつもと変わらない涼しい表情のままだ。

「……恐らく。内調での仕事の詳細に関しては、完全に調べがつきませんでした。もう少し時間をいただけるなら侵入できると思うんですが」

侵入とは、いわゆるハッキングである。案外、政府関係のインテリジェンス管理は甘い。さすがに情報機関と名乗る内調のシステムは、他の省庁に比べれば堅いブロックシステムに守られているが、突き崩せないほどではない。

綾瀬は理学部物理学科の出身である。専門は目に見えないものを研究対象とする原子核物理学だった。コンピュータが扱えなければ、お話にならない。日がなコンピュータを相手にしているうちに、さまざまなスキルを身につけてしまった。ハッキングなどは身につけるつもりもなかったのだが、そんなものを得意としている学生を横目に見ているうちに、優秀すぎる頭脳は勝手にそんなスキルも取り込んでしまった。これははっきり言って、犯罪である。

「ほぉ……うちの新入りさんはそんな技まで身につけてんのか？」

ちらりと栗色の瞳がのぞき込んでくるのを、目を伏せることでかわして、綾瀬は固い声で言う。

「大したことではありません。ひとつずつコードを読み解いていくだけです。面倒なのは、ハッキングの証拠を残さない方です」

「俺はそっち関係はまったくだめだから、任せる」

さらりと流して、瑞木は話題を変える。

「で？　もう一人の方は？」


綾瀬は自分のデスクで、淡々とキーボードを叩いていた。

「……もう少しだな……」

綾瀬が取り組んでいるのは、内閣調査室のデータベースへの侵入だ。さすがにガードは堅く、もう一週間ほどこれに取り組んでいる。当然、こんなことが表沙汰《おもてざた》になれば、またも処分されることになる。しかし。

「今さら……処分もへったくれもあるか……」

ぱんっとENTERキーを叩く。

『PASS　OK』

今まで、固く閉ざされていたデータベースが開いた。

「やったじゃねぇか」

背後から声が聞こえた。よく響く低い声だ。

〝またか……〟

ため息が出てしまう。

ひとつわかったことがある。

「おかげさまで。警察をクビになったら、クラッカーにでもなりましょうか」

瑞木に気配はないが、彼を察知する方法がひとつある。それはごく微かな香りだ。彼の袖口《そでぐち》のあたりから微かに漂う涼しげな香りが、唯一彼の存在を綾瀬に教える。

「外にお出になっていたのでは？」

時間は夕刻である。他の捜査員たちはみな出払っていた。瑞木もいつものように出ていると思っていたのだ。

「くだらねぇ会議に捕まってた。俺がいちゃ悪いのかよ」

瑞木の手が綾瀬の肩に掛かる。ふわりと頬に涼しい香りが触れてくる。

「……別に。あなたがいようといまいと私の仕事には関係ありませんから」

「可愛くねぇな」

軽く綾瀬の頰を手の甲で叩いて、彼は自分のデスクに戻った。崩れそうなほどの山になっている書類を、ぶつぶつと何かつぶやきながら、処理していく。

〝この人は……いったい何なんだろう……〟

ようやく開いた天《あま》の岩戸《いわと》が閉じてしまわないうちに、データのコピーをとりながら、綾瀬は、少しうつむいた彼の精悍《せいかん》な顔を見つめる。

彼に出会ってからの自分は、精密に噛み合っていたギアがどこかで狂ってしまったようだ。絶対に表に表れることのなかった感情を簡単に読み取られ、手のひらで転がすようにもてあそばれ、振り回され続けている。

〝何を……考えているんだろう……〟

いい意味でも悪い意味でも、ついこの間まで綾瀬の周りにいたのは、わかりやすい人間たちばかりだった。綾瀬は、自分が周囲にどう見られるのか、そして、自分という存在がその周囲からどんな反応を引き出すのか、よくわかっていた。

自分の容姿、才能、ものの言い方、行動。そのすべてが、周囲にどんな影響を及ぼすのかをよく知っていた。そして、それを時に利用し、時にもてあましながら、生きてきた。

しかし、この男……瑞木貴穂《たかほ》の元に下ってからは、そのすべてが通用しない。自分の存在が否定されているか、肯定されているのかすらわからないまま、ただ波に流され、飲み込まれていく。時に溺《おぼ》れていく。

「……俺に穴を開けるつもりか」

突然低い声がした。はっとして、我に返る。視線の先で、瑞木が顔を上げ、微かに笑っていた。

「熱い視線は嬉《うれ》しいが、もちっと穏やかに頼む。俺も男だったりするんでな、美人に見つめられると集中力が下がる」

「何を……っ」

データのコピー終了を告げる微かなアラームが聞こえなければ、どんな醜態をさらしていたかわからない。綾瀬はすいと視線を外し、手早くキーボードを叩いて、潜り込んだ迷宮からの撤退を始めた。もちろん、周到にその痕跡《こんせき》を消しながら。

〝こんな風に……〟

簡単に、この迷宮から出られたらどんなに楽になれるだろう。ぼんやりとそんなことを思う。

ほんの三ヶ月ほど前まで、完璧にコントロールできていた自分が少しずつ壊れていく。瑞木という深すぎる迷宮に取り込まれた時から、綾瀬尚登《ひさと》は壊れ始めた。正確無比のアンドロイドのプログラムに潜んでいたバグが、綾瀬を内側から壊していく。

「……」

綾瀬の中にある戸惑いや理不尽な怒りなどどこ吹く風といった風情《ふぜい》で、手を伸ばせば触れることのできるところにいる瑞木は、涼しい顔で仕事を続けている。

〝この人が……私を壊す……〟

心の中にあるのは、軽い殺意とそんなことを考えてしまった自分自身への軽い恐怖。ゆらゆらと万華鏡のように蠢《うごめ》き続ける感情をもてあまし始めた時、電話が鳴った。

真城悦夫のルックスは、凡庸《ぼんよう》なものだった。適度に整い、適度にくたびれた、どこにでもいそうな平均的サラリーマンのものだった。

「写真で見るより、つまらん顔だな」

ロシア人スパイ、ユーリ・コルチャコフが真城と接触を図った。

その連絡が入ったのは、午後七時を回った頃だった。

「内調での彼の扱いは、あまりよくないようです」

ワゴン車内にあるパソコンで公安部のデータベースにアクセスし、つい先ほど内調から引き出したデータを解析しながら、綾瀬は言った。

「彼は人工衛星のスペシャリストですが、自衛隊と違って、政府機関のひとつである内調では、軍事衛星の研究は完全にメインルートから外れます。一応押さえておこう程度の扱いですね」

「それで、お国を売る気になったか……」

二人の接触場所は、意外にも密会らしい場所ではなく、ホテルのメインダイニングだった。

スパイが取り込もうとする相手に最初に接触するのは、人目につく場所だと言われている。突然声をかけてきた外国人に対して、警戒しないものはいない。特に島国である日本人にその傾向は強い。極東担当であるコルチャコフがそれを知らないはずはない。よって、こうした人目につきやすい場所を接触場所に選んで、相手の警戒心を解き、これは決して後ろめたい行為ではないのだという先入観を植えつけるのだ。人は一度踏み越えてしまった垣根を振り返ることはしないものだ。

「そこまでは。ただ、彼の研究が宙に浮いていることは確かです」

物理学が専門であり、工学系ではない綾瀬にとって、真城がデータベースにため込んでいる研究データにどのくらいの価値があるのかはまったくわからない。わかるのはこのデータに対するアクセスの少なさだけだ。膨大な研究データに対してアクセスしているのは、研究者本人である真城だけであり、他の誰かがここにアクセスしている記録はまったくない。つまり、内調の中で、真城のやっていることに関心を持っているものは誰もいないのだ。

「彼は何のために内調に移されたんでしょうか」

「体裁だろうなぁ」

運転席から関の渋い声がした。

「軍事戦略衛星に関しては、一応軍隊を持たないことになっている日本にはあってはならないものでしょう？　だが、アメリカと同盟関係にある以上、まったく無関係でもいられない。だから、一応研究だけはしていますと……そんなポーズのためじゃないですかねぇ」

「ばかばかしいな」

さらりと流して、瑞木はヘッドセットをつけたまま、モニターを見つめる。そこには、笑顔のコルチャコフと食事をしている冴えない男の姿があった。さすがに表情は硬く、恐らく食べているものの味もわかっていないだろう。同じレストランに入った捜査官の隠しカメラからの映像である。

「しかし、内調ってのが、気になりますねぇ」

関が言った。

「やなところに食い込んでくれたもんだ」

「トカゲのしっぽになることは見越してると思うぜ」

「え」

両手を頭の後ろに置き、シートにふんぞり返る形で座っていた瑞木の答えに、綾瀬は顔を上げた。

「トカゲのしっぽ？」

「俺はいいところに目をつけたと思うがな」

ヘッドセットのマイクを上に跳ね上げて、瑞木は言葉を続ける。

「内調の末端、誰にも顧みられないような研究を黙々と……いや、悶々《もんもん》とかな、続けてる男。そんな男が自分の研究に興味を持ってくれる相手が現れたとしたら、どうなんだろうな」

「しかし、それは……っ」

「しかも、そいつは組織の末端も末端だ。誰も見もしないデータは引き出すのも容易で、しかも発覚しにくい。発覚したところで、中枢に近いところならまだしも、いてもいなくても変わらないような存在が一人消えたところで、この国は痛くもかゆくもない。スパイのいく手を遮《さえぎ》るものはなく、そいつは小さいみやげを二つ三つ持って、堂々と国に帰れるってわけだ」

二人の男は食事を終えて、立ち上がるところだった。コルチャコフが愛想よく差し出した手を狙われた男は少しためらってから、握り返した。

「……決まり」

ヘッドセットを取り、瑞木はおもしろくもなさそうに言った。

「真城悦夫を新たな追尾対象とする。罪状は国家公務員法違反。徹底的にマークする」

ACT 6

ホテルのティールームは、適度に席が埋まっていた。テラスに面した隅の席に、偉丈夫のロシア人スパイと安物の吊《つる》しのスーツを着た男が向かい合っている。

まだ梅雨も明けない七月だが、今日のように晴れ上がると、光は完全に夏のもので、じりじりと肌を焦がすようだ。強すぎる太陽は、時に人を狂わせる。

〝太陽が黄色いから、人を殺した……か〟

ぼんやりとあまり意味のないことを考える。

捜査上の綾瀬《あやせ》のパートナーは、常に瑞木《みずき》だ。そばにいるだけで息苦しくなるような存在感の塊と一緒にいなければならない時、綾瀬は無意識のうちに、こんな風に思考を明後日の方向に飛ばす癖がついてしまった。そうでもしていないと。

〝私は……自分をコントロールできなくなる……〟

アンドロイドは少しずつ少しずつ、傍若無人な男に壊されようとしている。

「綾瀬」

男たちに背を向けたカウンター席に座り、のんびりと紅茶をすすりながら、瑞木が言う。

「はい」

綾瀬の膝《ひざ》の上には、目立たないように小さなノートパソコンが開かれていた。そこには、男たちの隣のテーブルにいる捜査官たちが送ってくる画像と微かな会話の断片が記録され続けている。

「……嫌なもんだと思わねぇか」

「何がですか」

「……野郎の顔」

瑞木は異常なくらいゆっくりと紅茶をすする。利尿《りにょう》作用の強いコーヒーと紅茶は、実は公安刑事の敵である。しかし、瑞木のように目立つ男がジュースなど飲んだら、それはそれで悪目立ちである。よって、妥協案がゆっくりとなめるように紅茶をすするという手である。

「野郎って、どっちですか」

「真城《しんじょう》だ」

禁煙の表示を苦々しく睨みつけながら、瑞木は言う。

「おまえ、気づかないのか？」

「特に。追尾を開始してから、痩《や》せたり太ったりはしていませんし、やつれた感じも……」

「ばぁか」

よく響く声で言ってくれる。

「逆だよ、逆」

ぎゃーくと伸ばしながら言って、瑞木は唇を湿す程度に紅茶をすすった。

「野郎とつき合い始めてから、真城は生き生きとしてきたとは思わねぇか」

「え……」

意外な指摘だった。綾瀬は改めて、隠しカメラの不鮮明な画像を見つめる。

「……」

小さな粗い画面の中で、真城は。

「……笑っている……」

失礼と断り、別画面を立ち上げて、綾瀬は二人が初めて食事をした夜の画像を呼び出した。そこにある顔と今の真城の顔を並べる。

〝まさか……っ〟

それはある意味、別人の顔だった。

「どうして……」

今から二週間ほど前、最初にコルチャコフと接触した頃の真城は、彼の真意を計りかねているらしく、ひどく硬い表情をしていた。口数も少なく、視線が泳いでいる。

しかし、今の真城は違う。コルチャコフがゆったりと構えているのに対して、真城の方が前

のめりになって話している感じだ。

「人にはさ」

紅茶と一緒に運ばれてきたスコーンをのんびりと囓《かじ》りながら、瑞木が言う。

「二種類いる」

「二種類？」

「そ。つまりは……俺とおまえみたいなもんか」

「どういうことですか」

きまじめに問い返す綾瀬に、瑞木は妙にのんきな口調で答えた。

「一つは自己完結するタイプだ。自分が納得できればそれでいい。まぁ、究極の自己中ではあるが、さほど他人さまに迷惑をかけることはない。もうひとつは……」

「評価を求めるタイプということですね」

綾瀬は肩をすくめる。

「あなたは私がそういうタイプだと言いたいわけですか」

「頭のいい子は大好きだよ」

ふざけた調子で言って、瑞木は手にした携帯の鏡面仕上げで、後ろの二人を見やる。

「奴らは……そういう人間を見抜くのがうまい。そういう……人間のいちばん弱い部分に侵食してくる。食い荒らし、貪《むさぼ》り……後には何も残さない」

二人の密会は終わりを迎えたらしい。まだ、話し足りないような真城をロシア人スパイはなだめるように押しとどめている感じだ。

「ササ」

瑞木がジャケットの襟元《えりもと》に顔を寄せる。マイクに声を拾わせているのである。

「手元、覗《のぞ》けるか」

『手の動きは拾えます』

「それでいい」

綾瀬の耳に押し込まれているワイヤレスのイヤホンには、早口のロシア語が入ってきている。付け焼き刃だが、何となく意味はわかる。あなたの知識は素晴らしい。話すのが楽しい。時間をつい忘れてしまう。そんな歯の浮くようなお世辞ばかりだ。

「拾えたか」

『ぎりぎりですねぇ。解析できるといいんですが』

「上等。だめもとだ」

二人が席を立ち、追尾していた笹倉《ささくら》と結城《ゆうき》も続いて席を立った。二人を追い越して先に店を出、次の追尾には、別の捜査官があたる。綾瀬もパソコンを閉じて、立ち上がった。

「係長」

「あ?」

少しぱさぱさしすぎだな。高級ホテルのスコーンを一刀両断にして、瑞木も立ち上がっていた。

「さっきの手元……というのは」

「ああ、おまえも覚えといた方がいい」

紅茶は半分以上残っている。スコーンがぱさついて感じられるのは当然だと思う綾瀬に、瑞木はさらりと言った。

「奴らは決して次の約束を口にしない。壁に耳あり障子に目ありを日本人よりもよく知っているのが奴らだ」

「じゃあ……」

「奴らは次の約束を手持ちのメモや手帳、コースターなんかに書いて相手に見せ、すぐに回収する。人間てのは不思議なもんで、耳で聞いたことはメモしたくなるが、目で見たものは自分の手で書いたものでなくても、何となく意識に残る」

「目で見たもの……」

「さっき、奴が手元に紙のコースターを引き寄せるのが見えた。次の密会場所を指定すると思ったから、ササに撮らせた」

さて、行くかと歩き出した瑞木について、カフェからエントランスに出かけた綾瀬の視界に、別々にホテルを出て行くロシア人スパイと真城の姿が映った。

「あ……」

二人とも、こちらに横顔を向けている。どこか得体の知れない笑みを浮かべたコルチャコフに対して、真城の方はまるで子供のように無邪気な笑顔を向けている。

〝この顔……〟

ふと、綾瀬の足が止まった。

〝真城は……こんな顔だったか……？〟

何度も何度も、何枚も何枚も見たはずの顔。追尾対象となった彼を一日中追い回したこともある。もうどんな顔もすべて見たと思っていたのに。

〝こんな……〟

綾瀬の頭脳が高速で回転し始めていた。記憶のファイルをざーっと一気にめくり、わずかに刺《とげ》かささくれのようにひっかかった既視感の切れ端を記憶と照合していく。

「おい」

立ち止まってしまった綾瀬を瑞木が振り返っている。

「いい男を待たせるのは、美人の特権だが……」

「……あった……」

その言葉と同時に、綾瀬の表情は完全に凍りついていた。

「まさか……」

検索の完了。そのあまりに思いがけない結果に、綾瀬の顔からすっと血の気が引いていく。

「そんな馬鹿な……」

「おいおい」

瑞木が大股《おおまた》に戻ってくる。軽く肩を摑んで揺さぶられて、綾瀬ははっと我に返った。

「何……か」

「何かじゃない」

笑いかけた瑞木だったが、すぐにすっと真顔になった。

「綾瀬」

そして、ぐいと腕を摑まれた。

「か、係長っ」

「来い」

ぐいぐいと腕を引かれる。見事なまでに、追尾対象の目に触れないルートで、瑞木は綾瀬を連れ出す。

「係長、腕を離して……」

「離したら、ぶっ倒れそうな顔してるくせしやがって」

瑞木が吐き捨てる。

「車に戻ってから、てめぇの美人顔、鏡で見てみろ。空豆《そらまめ》だって裸足《はだし》で逃げ出すくらいの顔色だぜ」

　エレベーターの下降で足下がふらついた。ふらりと身体が揺れ、瑞木の胸にとさりとぶつかってしまう。瑞木の長い腕が綾瀬の肩を抱き、そのまま自分の身体に寄りかからせる。

「何を見つけた」

「……いえ、何も」

　耳元に触れる低い囁《ささや》き。綾瀬は固く唇を結んで、首を振る。

「う・そ・つ・き」

　ふざけた言い方をして、瑞木は軽い音を立てて、綾瀬の耳朶《じだ》にキスをする。

「か、係長……っ」

「よし、顔色戻ったな」

　ぺちんと手の甲で頬を叩かれて、綾瀬は唇を開きかけ、ふうっと肩から息を落とした。

「……戻りすぎです」

　今まで感じたことがないくらい、頬が熱かった。


　キーボードの上を滑らかに指が走る。いくつかのキーコードを叩き、自ら書いたコードを時に走らせて、天の岩戸と呼んだ固いバリアが解けていく。

「しかし何度も言うようだけど、意外な特技があったもんだねぇ」

「……茶化さないで下さい」

「感心してんだよ。賛辞は素直に受け取れよ」

「素直に受け取れるように言って下さい」

早口で瑞木に応じながら、綾瀬は必死に頭の中をクリアにしようとしていた。

〝こんな……馬鹿な偶然、あるわけない……っ〟

公安部に戻った綾瀬が、すぐに始めたのは、市ヶ谷にある自衛隊中央情報保全隊の管理コンピュータへのハッキングだった。

「で？　おまえは何を知りたいんだ？」

いい豆を持参までしているくせに、瑞木はインスタントコーヒーを無造作にカップに振り入れて、お湯を注いだ。

「真城の経歴なら、ササが引っ張り出した情報で……」

「……もっと過去のことを知りたいんです」

パスワードがはねられ、ロックされたデータベースへのアクセスを、制限解除のコードを書いて、力尽くで解除させる。

「真城は曲がりなりにも制服組の幹部自衛官でした。思想偏向は絶対に許されません。それは内調でも同じことでしょう。彼を陸自から内調にコンバートする時には、徹底した調査がされたはずです」

「真城の過去？」

検索コードを書き、オートでプログラムを走らせると、目にもとまらない速さで画面が切り替わっていく。

「……あった」

わずか数秒で答えは出た。画面上にきまじめな制服姿の自衛官の顔とその細かいデータが表示されたのだ。

「……ほぉ……」

コーヒーを飲みながら、瑞木がのぞき込んでくる。

「防衛大を首席卒業か……父親も幕僚監部で……ん？」

「……やっぱり……」

綾瀬の身体から力が抜けていく。

「やっぱりそうだったんだ……」

「そうだったって？　おまえ、こいつを知っているのか？」

瑞木の問いに、綾瀬は少しためらってから頷《うなず》いた。

「……ここを」

指先で、画面の一部を示す。

「真城悦夫、旧姓高谷《たかたに》？　奴は養子なのか？」

「……養子かどうかはわかりませんが、彼の本当の名前が高谷悦夫であることは間違いないと思います」

綾瀬は混乱する記憶を整理するように、軽く眉間《みけん》に指をあてる。

「ずいぶんと……容貌《ようぼう》が変わっていて、最初はわかりませんでしたが。間違いなく、彼は高谷悦夫です」

そして、綾瀬は顔を上げる。

「彼が高谷悦夫なら」

振り向いて、瑞木を見つめる。

「彼が国家機密を売るなどということは、絶対にあり得ません」

瑞木が眉を上げた。

「なぜ、そう言いきれる？」

「私が彼をよく知っているからです」

「知っている？」

「はい」

綾瀬ははっきりと頷いた。

「彼は絶対に国を売ったりはしません。彼は自分を信じているものの信頼を決して裏切らない……いえ、裏切ることができないんです。愚直なまでに」

「おいおい」

瑞木が笑い出した。コーヒーを零《こぼ》さないようカップを置き、両手でとんっと綾瀬の肩を押さえる。

「何を言っているんだろうね、この子は」

「ふざけないで下さい」

「それはこっちのセリフ」

間髪入れずに切り返して、瑞木は言葉を続ける。

「おまえ、真城の顔を見ても、わからなかったんだろう？　彼のデータを確認しなければ断言できない程度の認識しかなかったんだろう？　そんなおまえの言葉を誰が信じるって言うんだ」

「人の顔は変わります」

「だからさ」

ぐっと力を込めて摑まれた肩が軽く揺さぶられた。

「おまえは真城の顔がわからなくなるくらい長い間、彼と会っていなかった。その間に彼がどんな風に変わったか、それを知る術《すべ》はおまえにはない」

「係長」

綾瀬は顔を上げた。視線は真っ直ぐに画面を見つめている。

「係長は変わりましたか？」

「あ？」

「子供の頃、物心ついてからで結構です。考え方や理念が変わりましたか？」

綾瀬らしい四角四面な物言いに、瑞木は苦笑している。そのますうっと身をかがめる気配がして、腕がするりと綾瀬の胸の前に回り、緩やかに抱きしめるような体勢になる。さらりと乾いた香りに包まれる。

「……答えて下さい」

「そういうおまえはどうなんだよ」

耳元に囁かれる低い声。

「……やめて下さい」

「何を」

「こういう……ことをです」

胸の前にある瑞木の手を軽く払いのける。しかし、その腕は意外にも離れることなく、きゅっと強く抱きしめてくる。

「前にも言ったと思うがな。俺の前で、他の男のことを考えるなってさ」

「何を仰《おっしゃ》っているんですか……っ」

「大マジ。俺を嫉妬させておもしろいか？」

「茶化《ちゃか》さないで下さい……っ」

　思い切り瑞木の手を払いのけて、綾瀬は椅子を蹴るようにして立ち上がった。両手をホールドアップの形にした瑞木が軽いステップで飛び退《の》く。

「茶化してなんかいないぜ？」

「係長っ」

「その呼び方もなぁ……。仕事上は仕方ないが、できたら名前なんかだと嬉しいんだが」

「……帰ります」

　綾瀬は荒っぽい仕草でパソコンの停止処理をすると、デスクにしまい、鍵《かぎ》をかけた。そのまま私物の入っているロッカーに向かう。

「待てよ」

　その腕を摑まれ、瑞木に引き戻された。綾瀬はさらりと髪を翻《ひるがえ》して振り返る。

「何か」

「何かじゃねぇ。おまえ、真城と個人的な繋《つな》がりがあるのか」

「……ですから、私は彼がスパイなんかじゃないと……」

「そういうことを言ってるんじゃねぇ。頭の回転の速さだけがおまえの取り柄だろうが」

ため息混じりに言われて、綾瀬はきっと顔を上げた。

「物事をはっきりと言うのだけが、あなたの取り柄と思っていましたが、瑞木警視正」

「……可愛げのねぇ奴だ」

瑞木はぼそりとつぶやいた。

「じゃあ、はっきり言うか。綾瀬尚登《ひさと》警部補、今回の捜査からおまえを外す」

「え」

大きく見開いた瞳に、瑞木の冷たいガラスの瞳が映り込んでいる。

「追尾対象者に余計な思い入れのある奴を捜査に加えることはできない」

「私は高谷に余計な思い入れなど……っ」

「十分あるじゃねぇか」

低く吐き捨てると、瑞木は恐ろしいような力で、綾瀬をロッカーに向かって突き飛ばす。信じられないほど軽々と綾瀬の身体は吹っ飛び、激しい音を立てて、ロッカーに左肩から突っ込んだ。それでも倒れずに踏みとどまったのは、ずば抜けた反射神経のなせる業だ。

「何を……っ」

「黙っておとなしくしてろ。これ以上、俺を怒らせるな」

低く放たれる声。ひとつひとつの班が完全に独立している公安部では、他の班の動きに介入するシステムはない。多少の怒声や物音にいちいち反応するものはいない。ゆっくりと近づいてくる瑞木の足下を、綾瀬は口元ににじんだ血を指先で拭《ぬぐ》いながら見ていた。ロッカーにぶつかった時に唇を切ったらしい。床に片膝をついた綾瀬の顎《あご》に、瑞木の冷たい指がかかった。ぐいと持ち上げられる。

「もう一度聞く。真城はおまえの何だ」

「……プライベートを係長に報告する義務はありません」

顔を背け、言い放つ。その瞬間、喉元《のどもと》を摑まれた。

〝殺される……っ〟

切り裂かれそうな殺意。床に引き倒され、緩やかに絡みつく長い指でゆっくりと喉を絞められていく。

「可愛げのなさもな……度を過ぎるとてめぇの命縮めるぞ……」

「それ……が……司法……警察官の……言葉です……か……」

別に隠す必要などなかった。自分と真城の間には、後ろめたいものなど何もない。しかし、あまりに圧倒的な力の違いを見せつけようとする瑞木の行動に、綾瀬は反発と強い怒りを覚えていた。

〝絶対に……あなたの意のままになんかならない……っ〟

「俺をなめるんじゃねぇぞ……」

瞳に浮かぶ金色の炎が、クールで洒脱《しゃだつ》な彼の中に潜む狂気を表していた。

家族にすら、自分の真の姿を隠し、声を覚えられることを恐れて、友人に会うことも避けるという公安警察官。その職務を完璧にこなし、道を踏み外したと言いながらも、異様なスピードでのし上がってきた男の中に、確かにある常軌を逸した狂気が、今、綾瀬の喉をゆるりゆるりと締め上げている。

「真城悦夫はおまえの何なんだ。なぜ、そこまで奴をかばう」

「かばうつもりは……ありません……。真実を……言っているだけ……っ」

ぐうっときつく喉を絞めるのと同時に、唇が重ねられた。せんない言い訳など聞きたくないとばかりに、彼は綾瀬の唇を噛みつくようなキスでふさぐ。すべての呼吸を奪われて、綾瀬の意識が遠のいていく。

「ん……う……」

強引に唇をこじ開け、舌が潜り込む。抵抗する力は緩くきつく呼吸をコントロールするように喉を締め上げてくる彼にすべて奪われて、なされるがままに舌を絡め、ただ祭壇《さいだん》に捧げられる生《い》け贄《にえ》のように、悪魔の口づけを受ける。ジャケットの下に滑り込む冷たい指が心臓の場所を探すようにシャツの上をさまよい、綾瀬の身体が不規則に跳ねるところを幾度も幾度も、執《しつ》拗《よう》に撫で上げてくる。

「は……あ……」

そこが何なのか、綾瀬にはわからない。ただ、そこがシャツにこすれ、彼の指先で強くもみしだかれると、ひくりと喉が鳴り、細い腰が不規則に跳ねる。

「その内……」

ことりと綾瀬の手首が床に落ちると同時に、瑞木の身体がふっと離れた。ゆっくりと立ち上がりながら、彼は抑揚のない冷たい声で言い放った。

「おまえを殺しそうだ」

生意気だと言われ続けてきた。可愛げがない。素直さがない。傲慢《ごうまん》。狡猾。好き放題に言われてきた。しかし、これほど明確で熱を持った、痛いほどの感情……殺意と言えるような強い感情をこの身に受けたことはない。

「……俺だ」

ぼやける視界の中で、瑞木はポケットから取り出した携帯で話している。

「綾瀬が本庁で転がってるから、病院にでも押し込んどいてくれ。俺はちょいと出なけりゃならないんでな」

捜査官の誰かを呼び返したのだろう。極度の酸欠状態の綾瀬は身体が痺《しび》れ、指先ひとつあげることもできない。

「……俺に殺される前に素直にゲロしやがれ」

「……」

固く唇を結び、薄れそうになる意識の中で、それでも綾瀬は首を横に振った。

ホワイトアウトする最後の視界に映ったのは、遠ざかっていく広い背中で、それはいつものようにすっきりと伸び、おのれの正しさを誇示するように見えた。
〝絶対に……負ける……か……〟
ことりと意識が落ちた。

ACT 7

喉《のど》を痛め、声が出なくなってしまった綾瀬《あやせ》は一週間の病休を取った後、公安部に復帰した。

「しばらくはうちを手伝ってもらうよ」

その言葉通り、綾瀬を捜査から外した瑞木《みずき》が彼を預けたのは第二係だった。

二係係長である宮原《みやはら》は、言葉つきこそおっとりとしているが、目つきの鋭さはいかにも公安刑事といった雰囲気の人物だった。

「……ご迷惑をおかけします」

まだ少し掠《かす》れた声で言う綾瀬に、宮原はちらりと鋭い目を向けてから、すっと視線を落とした。

「別に迷惑じゃないけど、ちょっと不思議ではあるかな」

大使館関係を専門としている二係と瑞木の所属する四係は、決して無関係ではいられない。事実、二係からの情報提供は定期的にある。

「でも、公安はさ、こういうところだから、あまり人材交流はないんだよ。特に瑞木警視正はねぇ」

「瑞木係長が……何ですか？」

「うん」

宮原が苦笑しながら頷《うなず》いた。

「あの人は根っからの秘密主義ってのかなぁ、開けっぴろげに見えて、実のところ、本音は絶対に見せない。君を刑事部からもらい受けたってのも、君が実際ここに現れてから、俺たちは知ったようなもんでね。とにかく、機密管理は徹底している。そんな彼が、掌中《しょうちゅう》の玉といっていい君を貸し出すなんてねぇ」

「別に、掌中の玉なんかじゃありません」

〝それどころか、殺されかけたよ〟

あの時の瑞木には、明らかな殺意が見えた。司法警察官という理性の箍《たが》がなければ、恐らく、綾瀬は死なないまでも、相当なけがを負わされていただろう。一週間の休み程度で済んだのは、運がよかったのかもしれない。

復帰してから、綾瀬は一度も瑞木に会っていない。二係への出向は、病休中に笹倉《ささくら》から知らされた。出向の理由は、彼も知らないだろう。

〝たぶん……尋ねてもいないだろうけど〟

公安部という場所はそういうところであり、公安刑事とはそういう人種なのである。

「ま、病み上がりみたいだし、内務中心でよろしく」

「はい」

どさりと積まれた大使館関係の資料や調査報告を片っ端からデータベースに放り込んでいく。どちらかというと機械的な作業なので、頭の方はまったく別のことを考えていても、手が止まることはない。

〝悦夫《えつお》は……どうなるんだろう〟

キーボードを叩《たた》きながら、綾瀬は考えていた。この一週間、ずっと考え続けてきたことだ。

〝彼は……何をしようとしているんだろう〟


綾瀬は高谷《たかたに》悦夫と初めて会った時のことを、はっきりと覚えている。あれは小学校の入学式の前の夜だった。

かなりの間空き家になっていた隣の家に、一週間ほど前から、突然たくさんの人が出入りするようになった。

「普通の家族ではないみたいなのよね」

母が眉《まゆ》をひそめて言っていたのを覚えている。

「何だか、気味が悪いわ」

大人も子供もやたらにたくさんいた気がする。正確な人数はもう覚えていないが、とにかく両親と三人の子供という家庭に育った綾瀬が家族の数が多いなと思ったのだから、全部で十人くらいの人間が住んでいたのではないかと思う。

その夜は、はらはらと庭の桜が散る静かな夜だった。

「ごめんね」

いつもの決まり文句と共に、両親は熱を出した双子の弟たちを病院に連れて行き、綾瀬はぽつんとひとり留守番をしていた。

「……」

子供部屋には、真新しい机がなぜか三つ並んでいた。小学校に入る綾瀬が新しい机を買ってもらったのを見て、年子の弟たちがぐずり、結局、身体の弱い弟たちに甘い祖父母が同じものを買い与えたのだ。

いつもこうだ。綾瀬の誕生日なのに、なぜか、ケーキは綾瀬の好きなチョコレートケーキではなく、弟たちの好きな苺《いちご》ののった生クリームのもので、蠟燭《ろうそく》を吹き消すのも弟たち。「お兄ちゃんなんだから、小さい弟にさせてあげなさい」。それが両親の決まり文句で、すでに体格的にはほとんど大差のない『小さい弟』たちに、綾瀬は押しつぶされそうだった。今日だって、入学祝いの食事に行くはずだったのに。

「……仕方ないよね」

この家で、綾瀬だけが異質だった。両親も祖父母たちも、双子の弟しか見ていない。できちゃった結婚だった上に、つわりもほとんどなく、安産だった綾瀬に対して、彼を産んで、じきに再び弟たちを身ごもった母は、今度はひどいつわりに苦しみ、出産も難産で、それだけに「がんばって産んだっていう実感があるのよ」とよく言っていた。

「何かねぇ、悪いとは思うんだけど、上の子はいつの間にかいたって感じなのよね」

そんな言葉を聞いたのは、つい昨日のことだ。母が友達に電話しているのを聞くともなしに聞いてしまった。

いつの間にかいた。

ああ、そういうことなんだ。

わずか六歳で、綾瀬はその言葉の意味を正確に悟っていた。

「可愛《かわい》くないとかそういうことじゃないんだけど、何かねぇ、手をかけなくても勝手に育っていくし。下の子たちは本当に私を必要としているんだなぁって思えるんだけどね。上の子は勝手に生まれて、勝手に育ってるから、あんまりねぇ……自分が産んで、育てている実感がなくて」

勝手に生まれる子供はいないし、勝手に育つ子供もいない。親が勝手に作ったから、この世に存在しているのだ。しかし、その話を聞いてしまった綾瀬は、妙に分別くさく納得してしまっていた。

「僕は勝手に生まれて、勝手に育ったんだ」

望まれて生まれたのではなく。大切に育てられたのでもなく。綾瀬は一人で生まれ、一人で育ったのだ。

「おい」

ふいに人の声がした。綾瀬はびっくりして、顔を上げる。

「え……」

「おまえ、そんなところにいると危ないぞ」

綾瀬は子供部屋の窓に腰掛けていた。両足を外に投げ出し、出窓に腰掛けて、外を眺めていたのだ。それはいつもの綾瀬の癖。部屋の中には弟たちがいる。いつもふたりでぴったりくっついて、いるだけで「可愛い」と言われることに慣れている弟たちがいる。だから、綾瀬は背を向ける。外を眺める。それはいつものこと。

「……」

庭の桜が月明かりの中で、はらはらと散っていた。風もないのに、花びらはひとひらひとひらと散り、まるで雪が降っているようだった。

「おい、聞こえないのか？」

それは子供の声だった。母親が気味悪がる隣家から聞こえたのは、凜《りん》として通る子供の声だった。

「別に危なくありませんから」

綾瀬は大人びた口調で答えた。

「僕より、あなたの方が危ないと思います」

幼い子供の意外な返しに、相手は驚いたようだった。薄い闇《やみ》を透かして見た『彼』は綾瀬よりも三つか四つくらい上と思われる少年だった。窓に腰掛けている綾瀬に対して、彼は屋根の上に直《じか》に座っていた。二階の窓から出たのだろう。彼はトタン屋根の上に座り、綾瀬とちょうど向かい合うような形になっていた。

「俺はおまえより大きいからいいんだ。おまえ、まだ幼稚園生だろ」

「明日から小学生になります」

誰に対しても丁寧な言葉を使いなさい。そう育てたくせに、両親は敬語を使う綾瀬を「可愛げのない子で」と、いつも他人に紹介した。

「何をしているんですか?」

彼は、手に綾瀬が見たことのないものを持っていた。それが双眼鏡であることを知ったのは、少し後のことだ。

「星を見てた」

彼はにっこりと笑った。

「今日はよく晴れてるだろ。月が凄《すご》くよく見える」

春には珍しいほど空気の澄んだ夜だった。満月に近い月は、きらきらと輝く大きなコインのようだ。

「星を見て、楽しいですか」

そう尋ねた綾瀬に、彼は再びにこりと笑った。

「きれいじゃないか」

「星がきれいなんですか」

「きれいだろ」

彼はよく通る声で言った。

「下を見ているより、空を見上げている方がずっとずっときれいで楽しい」

彼が高谷悦夫という名前であることを知ったのは、それからすぐのことだった。

「綾瀬尚登《ひさと》……ずいぶん難しい字を書くんだなぁ」

悦夫と再び会ったのは、通い始めたばかりの小学校の帰り道。近くの公園を横切ろうとした時だった。

「画数が多いだけです」

綾瀬が胸につけているふりがなつきの名札を見て言った悦夫に、綾瀬は大人びた答えを返した。悦夫は弾《はじ》けるように笑う。

「尚登はずいぶん大人っぽいなぁ。うちの弟たちとは大違いだ」

「弟たち？」

そういえば、隣家にはずいぶんたくさんの子供がいた。

「ああ。弟が三人に妹が二人。みんな、尚登と違って、ぎゃあぎゃあうるさい」

さらりと呼び捨てにされた感触は何だか新鮮だった。普通の子供、普通の友達みたいで、ちょっと照れる。

「うちの……弟たちもうるさいです」

それから、公園のブランコに腰掛けて、ずいぶんと長い間話をした。

「いつも、屋根で星を見ているんですか？」

「だいたいはそうかな。うちの中にいても……うるさいばっかりだし」

そう屈託なく話す彼の頬《ほお》や腕に、なぜか青黒く見えるところがあるのが少し気になった。でも、それをさりげなく隠す彼の仕草に、幼心にもそのことについて聞いてはいけないのだと思った。悦夫の声はどこまでも明るかったから。

「でも、あの滑り台の上がいちばんいいんだぜ」

「え？」

「星を見るのにさ。この公園のまわりは、高い建物や強い光がないから、星がきれいに見えるんだ」

　彼との会話を遮《さえぎ》るものは何もなかった。

「忙しいから後にして」「尚登はお兄ちゃんでしょ」「ああ、ちょっと待って。また後でね」

……そんな風に言われて、言葉を飲み込む必要もなかった。

「星を見るのは、冬がいちばんいいんだ」

「寒くないんですか？」

「寒いけどさ。でも、空気が澄むから、いつもは見えないような光度の星も見えることがある。オリオン座の三つ星のところにある……」

　彼の話は尽きることなく、綾瀬も飽きることがなかった。

　彼は綾瀬の知らないことをたくさん知っていた。綾瀬だけに話をしてくれた。どんなことを聞いても、笑ったり、誤魔化したりせずに教えてくれた。

　彼の目は綾瀬だけを見てくれていた。

　それは綾瀬にとって、初めての体験であり、初めての『愛されている』実感だった。


　ゆったりと広い検事室で、瑞木は事務官のいれてくれたコーヒーをすすりながら、よく晴れた外を見下ろしていた。真夏の空はぱっきりと高く晴れ上がり、見ているだけでじっとりと汗がにじみそうだ。珍しくも、この部屋の主は留守だという。

「間もなくお帰りになると思うんですが」

自分のデスクで仕事をしながら、事務官が言った。まだ若い男性事務官だ。

「ああ、あと二分半ってとこか」

見下ろす下に、端正な姿を見せたのは陸《くが》検事である。すらりとした長身に仕立てのいいスーツがぴたりと決まり、まるで映画俳優のようなオーラをまとっている。このくそ暑い七月の真っ昼間、汗ひとつかかずに、涼しい顔で歩いていやがる。

〝完全に職業選択を誤ってるよな〟

瑞木の予言通り、ぴたり二分半で、陸が戻ってきた。

「たまには働いてるんだな」

皮肉っぽい瑞木の言葉にも、この笑顔の鉄面皮は動じない。

「そりゃあねぇ。これでも、国からお給料いただいている身だから」

お帰りなさいませと応じて、陸の分もコーヒーをいれると、事務官は部屋を出て行った。

「彼、結構長いよな」

瑞木が親指でくいくいとドアを示す。陸がおっとりと笑った。

「ああ、そうかな。取り替える必要もないから、そのままだけど」

陸には事務官がなかなか居着かないことで有名だった。たいてい、半年ほどで異動願を出すか、陸の方が交代を上申する。

「そうだねぇ。今までの中ではいちばんましかな。頭がいいから、いちいち説明しなくても仕事はできるし、何より邪魔にならないのがいいね」

優しい口調で傲慢《ごうまん》に言い切って、陸はデスクに座った。

「で？」

「愛想があるんだかないんだか、わかんないよな、あんたって」

肩をすくめ、瑞木はポケットから、折りたたんだ調書を取り出した。

「まぁた、極秘文書持ち出して。悪い子だねぇ」

くすくすと笑って、陸はそれを受け取った。ざっと目を通す。きれいな眉がすっとひそめられた。

「……嫌なもん、持ってきたねぇ」

「あんたは嫌だろうな。捜査している方は結構楽しいが」

瑞木がにやりと笑う。

「何せ、陸自から内調、バリバリの国家的エリートだ。エリートを追っかけるのは嫌いじゃないが、ちょいと……訳ありでね」

「ん？」

陸が軽く眉を上げる。そんなちょっとした仕草も優雅なのは、この辣腕《らつわん》検事最大の特徴である。

「珍しいねぇ。君のそういう顔」

心なしか嬉《うれ》しそうに、陸が言う。

「可愛いなぁ」

「……俺にそんなこと言えるのは、あんただけだよ」

心底嫌そうに言う瑞木に、陸はふっと笑う。

「それで？　僕の可愛い子は君だけど、君の可愛い子は？」

デスクに肘《ひじ》をつき、にんまりと笑う。

「君が一目惚《ひとめぼ》れして、恋い焦がれたあげくに、降格を利用して、無理矢理公安に引きずり込んだ彼は？」

「ああ」

返された文書を再びポケットにさらい込んで、瑞木は軽く頷く。

「可愛いぜ。あんまり可愛いんで、つまみ食いしちまったくらい」

「ほぉ」

陸がきれいに切れ上がった目を少し見開く。

「それはそれは」

「味付けはちょい濃いめだったけどな。ま、それなりにおいしく」

「それは何より」

「それはいいんだけどさぁ、問題があってなぁ」

コーヒーを飲み干して、瑞木はカップを置く。

「こんなに恋い焦がれて、可愛がってあげてるのにさぁ、昔の男を忘れてくれないんだよなぁ」

「昔の男?」

「こ・れ」

瑞木は自分のジャケットのポケットを軽く叩いた。

「こいつが……奴の昔の男」

「え?」

「だから、こいつが奴が忘れてくれない男なんだって」

「ほぉ……」

陸がすっと首を傾ける。

「その真っ黒な彼が」

真っ黒。陸の優雅な口調が斬《き》り捨てる。

「真っ黒か?」

「真っ黒でしょ。どこから見ても」

椅子《いす》に寄りかかり、陸は睥睨《へいげい》する目つきで瑞木を見る。

「これだけの証拠があれば、僕なら、十分に公判を維持できる」

「は」

瑞木はくるりと振り返り、窓枠に寄りかかる。

「あんたの公判維持は、ただの公判維持じゃねぇからな」

「当たり前だよ」

辻斬《つじぎ》りの陸が艶然《えんぜん》と微笑《ほほえ》む。

「有罪にできなければ、僕たちの存在意義はないよ」

そううそぶくと、美貌《びぼう》の検事はくすりと笑う。

「さぁて……ちょっとおもしろいことになってきたねぇ」


コンッと突然デスクを叩かれて、綾瀬ははっと我に返った。

「何、仕事中にぼんやりしているの」

滑らかなビロードの声。綾瀬ははっとして顔を上げた。

「陸検事……」

そこには、信じられない人物の顔があった。

「何をなさっているんですか」

「うん。ちょっと遊びにね」

くすっと笑う美丈夫。さしもの公安部も、周囲にざわつきが聞こえる。

辻斬り。突然現れた、物騒な異名を持つ優美な姿の検事は、綾瀬の肩に軽く手をかけた。

「ちょっとお話ししない？」

「私は特にお話しすることはありませんが」

「そう言わずに」

滑らかな声と柔らかく優しい雰囲気。極上の美貌。最高のエリートのオーラを漂わせる、典雅で優美なその姿に、周囲が圧倒されているのがわかる。ちらりと係長席の宮原を見やると、小さく頷くのが見えた。

「……わかりました」

宮原に小さく会釈して、綾瀬は立ち上がった。


「綾瀬くんは真城《しんじょう》悦夫を知っているんだってね」

警視庁内で、陸と向かい合うこともさすがにできず、綾瀬は近くのカフェで、陸の向かいに座ることとなった。いくら隅に席を占めても、どこか貴族的な雰囲気すらほの見える美貌の検事とまるでよくできた人形のような整いすぎた容姿の綾瀬の組み合わせでは、目立たないはずがないのだが、この際、仕方がない。

「瑞木警視正からですか」

「まぁね」

ふたりはいったいどういう関係なのだろう。少なくとも、職務上だけの知り合いとも思えないようなフランクな親密さがあることだけは間違いないのだが、それが何なのか、綾瀬にはまったくわからない。目の前の人の存在が理性で割り切れないだけに、つい口調も固くなる。

「特に、陸検事にお話しすることはありません」

「僕に言えなくても別にいいんだけど、瑞木にだけは言った方がいいと思うよ」

優雅に紅茶のカップを手にして、陸はおっとりと言う。

「あれも見かけほどクールじゃないからねぇ。妙な隠し事すると、あんまりいい目見ないと思うよ」

〝もうとっくに殺されかけたよ〟

喉元まで出かかった言葉を苦いコーヒーで飲み込む。

「仰《おっしゃ》っていることがよくわかりませんが、私と高谷……真城悦夫は幼なじみのようなものです。子供の頃、私は彼にとても可愛がってもらいました。ですから……」

「だから、それ」

ふふっと陸が笑った。

「その可愛がったとかさ、彼の知らないお子ちゃま時代の君を知っているとかさ、そのあたりが瑞木にはおもしろくないみたいだよ」

「おもしろくないと言われましても」

綾瀬は表情を変えないままに言った。

「瑞木係長と私は、つい最近会ったばかりですし、単なる上司と部下の関係です。それをおもしろい、おもしろくないと言われましても、私としては対応に困ります」

「単なる……ねぇ」

妙に意味深につぶやいて、陸はちらりと綾瀬を見た。

「それ聞いたら、またぞろ、彼氏が暴発しそうだなぁ」

物騒なことをひどく楽しそうな口調で言う。

「ねぇ、綾瀬くん」

「はい」

「真面目な話、君と真城はどういう繋《つな》がりなの？　正直言って、君みたいなタイプの人が、子供の頃にたった数年遊んだだけの幼なじみに肩入れするって、考えにくいんだよねぇ。瑞木の嫉妬《しっと》はおいといて、僕もちょっと気になるよ」

静かなカフェ。柔らかな紅茶の香り。ガラスの窓の向こうは、細い雨が降り出したようだ。

綾瀬は少し考えてから、ゆっくりと言った。

「検事は刷り込みというものをご存じですね」

「刷り込みって、インプリンティングのことかな」

あひるの卵が孵《かえ》る瞬間に、生まれたばかりの雛《ひな》の前で箒《ほうき》を振ってみせると、雛たちはそれを親と信じて、ついて歩くという。最初に触れたものを無条件に信じ込む。それがインプリンティング、まっさらな心への刷り込みだ。

「ええ」

小さなカップのエスプレッソは、冷めるとその苦みがいっそう増して、いくら砂糖が入っていても、ざらりとした独特の舌触りが少し不快だ。

「真城悦夫が私にとって、どういう人間かと問われたら、私はこう答えるしかないと思います」

静かに顔を上げる。

「彼は、私に対して、ひとりの人間として向かい合ってくれたたったひとりの人物なんです」

「ひとりの人間として向かい合ってくれた?」

「それが正しい表現なのかどうかはわかりませんが、彼が私に与えてくれたのは、普通なら親や兄弟から与えられるべきものだったと思います」

「それは愛と呼んでいいものかな?」

陸の問いに綾瀬は答えなかった。

「……失礼します」

そして、綾瀬は椅子を引いて立ち上がると、深々と頭を下げ、レシートを手にして、カフェを出た。

「愛と呼んでいいもの……か」

寝心地のいい自室のソファに身体を埋めて、綾瀬は無意識のうちにつぶやいていた。

『尚登はもっと笑えばいいのになぁ』

セピア色の記憶の中で、彼はいつもそう言っていた。

『笑えば、ものすごく可愛いぞ』

幼い頃から、自分の感情を表現することが苦手だった。

年子で生まれた双子の弟たちが病弱で、手がかかったため、両親や祖父母はいつも幼い綾瀬に背を向けていた。虐待や育児放棄ではなく、文字通り、手のかからない綾瀬の世話は必要最低限で、ごめんねと言いながら、綾瀬に背中を向けて、弟たちの面倒を見ざるを得なかったことは理解できた。ただ、その経験が綾瀬の人格形成に大きく影響したことは間違いのない事実だった。いちばん可愛がられ、言葉をかけられ、感情が目覚めていく時期に、ひとりぽつねんと過ごした綾瀬は、ひどく言葉が少なく、また、無表情な子供に育っていった。

「あの家庭の中で、私は空気のような存在だった……」

長ずるにつれて、たっぷりと手をかけられ、愛情豊かに育てられた弟たちの無邪気な可愛らしさに比べて、幼い子供にしては端整すぎる顔立ちと人形のような無表情、何を言ってもあまり返事もしない寡黙な綾瀬は、両親からさらに距離を置かれることとなってしまった。親から見ても、無邪気に甘えかかってくる弟たちの方が可愛かったのだろう。手のかかる子供ほど可愛いというのは、残酷な真実である。隣家に引っ越してきた高谷悦夫に初めて会った時から、綾瀬は可愛げのない、妙に大人びた顔立ちの無愛想な子供だったのである。

〝私を可愛いと言ったのは、後にも先にも、悦夫だけだった〟

とりあえず、もうひとりの男のことは無視する。

高谷家は大家族だった。どういう構成だったのかは覚えていないが、悦夫の話では兄弟は全部で六人。彼はその長男だったはずだ。大人も両親だけではなかったような気がする。

彼はなぜか自分の弟妹よりも、隣家の孤独な子供である綾瀬を可愛がってくれた。

「たぶん……悦夫は虐待《ぎゃくたい》を受けていた」

毎日のように、彼とは公園で話し込んだ。深夜にそっと窓を開け、屋根の上で話し込んだ。そんな彼の頬や腕、半ズボンから伸びた足には、いつもいくつもの痣《あざ》が見えていた。そして、隣家からはいつも大きな怒鳴り声がしていた。それでも、彼はいつも変わらない屈託のない笑顔を綾瀬に向けてくれていた。

しかし、その笑顔は突然奪われてしまった。

〝……悦夫は養子に出されていたのか〟

彼は突然消えた。綾瀬がたった数日、風邪で寝込んでいる間に、彼は高谷家からいなくなっていた。

彼と一緒に過ごしたのは、考えてみるとわずか三年ほどの間だった。しかし、それは綾瀬にとって、宝石のような日々だった。自分だけを見て、自分だけに話しかけてくれる存在。弟たちが生まれた瞬間から、幼い綾瀬が失っていた時間を、高谷は与えてくれた。

「尚登は可愛いなぁ」

「尚登はいい子だなぁ」

「尚登が大好きだ」

あれほど真摯《しんし》で真っ直ぐで、優しく誠実な愛情を、綾瀬は誰からも与えられずに生きてきた。

そう。あれは確かに愛と呼べるものだった。

彼と出会うあの桜の降り敷く暖かな夜まで、綾瀬の知らなかった、それは確かに愛と呼んでいいものだった。

ACT 8

真城悦夫《しんじょうえつお》は、陸上自衛隊幕僚本部に勤務する、いわゆる制服組幹部の養子だった。小学生の頃に引き取られ、正式に養子縁組をしたのは中学入学時で、その時から、彼は高谷《たかたに》悦夫から真城悦夫となった。

「成績は優秀だな」

中学、高校共に首席で卒業し、現役で防衛大に進学、同じく首席で卒業し、彼を引き取った高谷家の主と同じ陸上自衛隊に入隊した。

「天文学者にはなれなかったんだ……」

いつも夜空を見上げていた彼。こぼれそうになる涙をこらえるように、いつも高い空を見上げていた彼は、星を見る人になりたいと言っていた。

『新しい星を見つけたら、自分の名前がつけられるんだぞ』

古ぼけた双眼鏡で空を見上げながら言った彼に、綾瀬《あやせ》は頷いていた。

『じゃあ、僕も悦夫と一緒に星を見つける』

でも、彼は星を見つけることができなかった。天文学者になんかなれなかった。

〝私も同じだ……〟

海外留学だ、大学院だと、自由に将来を模索する弟たちの言いなりになりながら、勝手に綾瀬を作ったくせに、勝手に生まれ、勝手に育ったと言い放った母親は「あなたは長男なんだから、堅実にね」と言った。

〝悦夫がいなくなったあの時から、私はまた一人になった〟

夢は一人では見られない。綾瀬は夢の見方を知らなかったからだ。だから、もう夢は見なかった。

母親の要求通りに公務員上級試験を受け、トップで合格した。官公庁ではなく、警察を選んだのは、自分が官僚には向いていないことを知っていたからだ。

綾瀬は人と話したり、その気持ちを推し量ったりすることが苦手だ。綾瀬にできることは、理性で割り切ることのできる事実を探り当てることだけだ。警察官なら、それでいいと思ってきた。真実を突きつけることが使命であり、それが認められることだと信じていた。

「でも、そうじゃなかったんだな」

自分の言動が、他人を怒らせ、不快にさせる。自分にとっては当然のことも、相手にとっては当然ではない。そう気づいた時には、もう綾瀬は引き返せなくなっていた。今さら、すでに出来上がっているパーソナリティを壊してまで、人に迎合することはできなかった。

その時から、綾瀬はさらなる孤独の道を歩き出したのである。

仕事復帰して三日目、綾瀬は行動を起こしていた。

新宿《しんじゅく》にある高層ホテル。そのメインダイニングの片隅に、綾瀬は真城の姿を見つけていた。

「こんなこともできるんだな……」

別に特別なことをしたわけではない。ただ、彼とロシア人スパイの今までの行動分析から、まだ彼らの接触は地下に潜らず、人目のある場所で行われるはずだと思った。そして、彼らの接触の間隔を分析していくと、今日か明日には接触するはずだと見当がついた。ここは以前に二人が接触を持った場所である。たまたま当たったのは、運がよかったのだろう。

〝あの人は……いるだろうか〟

ふと、頭をよぎったのは、端正な容姿を誇示するような人の姿。しかし、綾瀬は首を振る。

〝関係ない〟

綾瀬が今からやろうとしていることは、明らかに己の職域を逸脱する行為だった。今度、瑞《みず》木《き》に捕まったら、本当に殺されてしまうかもしれない。しかし、それでも。

〝あの人にとっての正義と私の正義は違う〟

瑞木にとっての正義が国益のためであるなら、綾瀬の正義はこの世でたった一人、自分を見つめてくれた人を守ることだ。

まだ、待ち人は現れていない。綾瀬は周囲に視線を走らせる。

〝入っていないいな〟

広いメインダイニングではあるが、ざっと見渡した限りでは、見慣れた四係の捜査官の姿は見えない。

〝今だ〟

真城、いや、綾瀬にとっては高谷悦夫は、慣れないホテルのメインダイニングに戸惑っているようだった。視線の定まらなさが、彼が今まで置かれていた立場を示す。自衛官としての彼は、清廉潔白で、私腹を肥やすことなどなく、ただ静かに己の任務を遂行してきたのだろう。

〝そんな悦夫がスパイ行為を働くなんて、絶対に……ない〟

虐待を受け、それでも、溢《あふ》れるほどの愛を綾瀬に注いでくれた人。同じ孤独な魂を温めてくれた人。涙がこぼれないように真っ直ぐに顔を上げていた人。そんな彼が、卑怯《ひきょう》な真似《まね》で己の手を汚すことなど絶対にない。

もう一度周囲を見渡し、綾瀬が慎重に一歩を踏み出そうとした時だった。

「……っ」

涼しい香りがいきなり頬を引っぱたいた。声を上げる間もなく、身体ごと強い力で引きずられる。

「おいたが過ぎるぜ……」

低い声。思わず悲鳴を飲み込む。

〝いったい……どこに……っ〟

「覚悟はできてるんだろうな」

響きのよい低い声に、綾瀬は自分の身体ががたがたと震えるのを感じた。

今まで、綾瀬を殴ろうとしたものは数限りなくいた。嫌がらせ程度を受けたことは幾度もある。しかし、瑞木のように、明確な殺意に近いものを発散させて、本気で殺されると思うような恐怖感を植えつけたものはいなかった。

「ササ」

瑞木が襟元《えりもと》のマイクに話しかけている。

「上がってこい。俺とチェンジしてくれ。可愛いねずみさんを捕まえちまったもんでな。始末してくる」

『はい?』

少しずれたイヤホンから、微《かす》かな声が聞こえるほど、綾瀬は強く瑞木に引き寄せられていた。

「お客さんに結城《ゆうき》が張り付いてくる。そうさな……奴を関《せき》さんと入れ替える。結城が脱尾したところで、関さんを上げる。それまで頼むわ」

『了解』

誰がねずみで、瑞木が何をしようとしているのか、笹倉《ささくら》にはまったくわかっていないだろう。しかし、彼は何の反問もなく、瑞木の指示に従う。それが公安の掟《おきて》なのだ。

「さぁて」

綾瀬の腕を摑《つか》み、耳元にほとんど唇が触れるほどに近づけて、瑞木は吐息だけで囁《ささや》いた。

「お仕置きの時間だ」

引きずり込まれるようにして乗せられた車は、公用車ではなかった。車自体は目立たない国産のセダンで、公用車に近い外見だが、内装や仕様で、瑞木の私用車だとわかる。

「どこに行くんですか」

そう尋ねた綾瀬に、瑞木は唇の片端をつり上げただけで答えなかった。車は滑らかに走り、マンションの地下駐車場に滑り込んでいく。

「降りろ」

上司の命令にも、唇を固く結び、うつむいたまま答えない綾瀬に、業を煮やしたように、瑞木はちっと舌を鳴らし、助手席のドアを引き開けて、引きずり出した。エレベーターに押し込まれたところで、壁に突き飛ばされた。肩の上に両手をつき、長身がのしかかってくる。

「よっぽど、命が惜しくないらしいな」

「警察官が殺人ですか」

きっと顔を上げる綾瀬に、瑞木はふんと鼻で笑う。

「人間を壊す方法がひとつだけだと思ってるのか？」

恐ろしい言葉を吐いて嗤《わら》う瞳は、光の加減で金色に光り、獰猛《どうもう》な牙《きば》を剝《む》く肉食獣の色になっている。

「殺してやるよ。今度こそ、徹底的に。おまえが二度と生き返れないくらいにな」


連れ込まれた部屋は、綾瀬の部屋以上に、恐ろしいほどに生活感がなかった。広いワンルームにあるのは、申し訳程度のソファセットとベッドだけ。テレビもパソコンもない。ダイニングテーブルさえないことに、綾瀬は少し驚いていた。

「巣だからな」

さらりと瑞木は言う。

「寝るだけの場所だ」

妻帯はしていないだろうと思っていた。しかし、目立たないながらも手の込んだ感じのする高価なスーツを常に着こなし、くたびれた顔など見せたこともない瑞木には、それなりの安らぎを得る生活があると思っていたのだ。

だが、この部屋にあるのは、身体の底から凍てつくような寒々とした孤独だ。それは綾瀬の想像を超えたものだった。

「どうして、この子はお利口にしていられないんだろうね」

皮肉めいた口調で、瑞木は言った。ジャケットをソファの背に放り、ぐいとネクタイを弛《ゆる》める。室内に一歩入ったまま、棒立ちになっている綾瀬を軽々とベッドに突き飛ばして、彼はその綾瀬の逃げ場を奪うように、同じベッドに座った。

「おまえな、何で、いちいち俺を怒らせるようなことばかりするんだよ。言っとくがな、俺は決して優しくなんかないし、気も長くねぇぞ」

「……真城悦夫はスパイ行為を働くような人間ではありません。彼はそんなことをできる人間ではありません」

「だーから、その根拠のない自信、どっから来るんだよ。俺が納得するような形で説明できるか」

まだ治りきっていない、痛めた喉からこほこほと咳《せき》が出る。ひとしきり背中を丸めて、咳《せ》き込んでから、綾瀬は言った。

「……彼と私は知り合いです。私が子供の頃、彼は隣家の住人でした」

「幼なじみってか?」

「そういう言葉は好きではありませんが」

綾瀬は苦々しい口調で言い捨てた。そんな感傷的な言葉で片付けてほしくないと思った。彼の存在がなかったら、今の自分はここにいない。自分を人間として生まれかえさせてくれたのは、血の繋がった両親ではなく、無償の愛と心を注いでくれた高谷悦夫だったのだ。

「確かに、彼とつき合いがあったのは、子供の頃のわずか数年のことです。係長に言わせれば、人は変わるということになるのでしょう。でも、私は彼を知っているんです。彼という人間の本質を知っているんです。飾ることのない子供の頃だからこそ、彼の本質がそこにある。私はそう思っています」

「それは」

瑞木の手がするりと伸びた。綾瀬のジャケットの前を開き、その中に指を滑り込ませる。

「おまえらしくもないロマンティックな……いや、子供っぽい考え方だな」

瑞木がくっと笑った。

「おまえの知の部分はひどく透徹した、恐ろしいほどの切れ味を持っているのに、おまえの情の部分は信じられないくらいに子供なんだな」

「……っ」

彼の手が綾瀬の心臓を探る。いや、その指の妙に繊細で淫靡《いんび》な動きは、明らかに愛撫《あいぶ》のそれだ。

「続けろ」

冷たい声が命じる。

「……彼は……私を人として育ててくれたんです……。息をしているだけの人形だった私に……」

「人形に魂を吹き込んだか」

彼がふっと嗤った。

「……っ！」

びくりと綾瀬の身体が小さく跳ねる。瑞木の意外なほど繊細な指が、綾瀬のシャツの上をゆっくりと這《は》っていく。彼の指が明確に、綾瀬自身も知らない感覚を力尽くで呼び起こそうとしている。

「それなら、俺はその魂に色をつけてやるよ」

「何……を……っ」

声を上げきる間もなく、強引に身につけていたものを剝《は》ぎ取られる。

「やめて……やめて下さい……っ！」

これほど、自分の身体は軽かっただろうか。信じられないような力で、彼は綾瀬を片手だけで簡単に押さえ込み、くるりと剝がすようにして、その素肌をあらわにしていく。

「お仕置きだと言わなかったか？」

息ひとつ乱さず、口調も崩れず、ほんの少し乱れたものがあるとすれば、いつもきちんと整えられている前髪が少し額にこぼれている程度だ。

「何度も言っただろう？　俺の前で、他の男の名を口にするなと。口で言ってわからないなら、身体の方に覚えてもらうしかないだろうが」

「身体って……何す……っ」

たった一週間動かなかっただけで、身体は敏捷性《びんしょうせい》をなくしていた。逃れる術《すべ》もなく、ベッドの隅に追い詰められて、下半身を裸に剝かれる。シャツのボタンもすべて外されて、裸も同然だ。恥ずかしいと思うよりも先に、恐怖感が先に立った。煌々《こうこう》と明かりのついた、まるで昼のように明るいベッドの上で、薄い笑みを浮かべた男に裸にされて、押さえつけられている。

何が起こったのか。また、これから何が起きるのか。綾瀬の目に浮かんだ微かな怯《おび》えの色に、男は満足げに、わずかに眼を細めた。

「……なるほど、真っ白ですべすべの身体だな。これは……」

いきなり、柔らかい茂みの中に手を入れられ、まだ怯えたままの果実を引き出されて、喉の奥で悲鳴が漏《も》れる。

「男を知っているのか？」

何を言われているのかわからないまま、首を横に振った。彼の唇が片端だけつり上がる。

「それは……嬉しい」

彼が何を言っているのかわからない。ただ、自分が迷宮よりももっと深いところへ引きずり込まれようとしていることだけはわかった。

「やめて下さい……っ！」

今の自分にできることは、ただ悲鳴を上げることしかない。その情けなさに涙が溢れてくる。

「何も泣くことはないだろ」

綾瀬のまったく知らない顔を剝き出しにした美貌の男が艶《あで》やかに笑う。

「ま、泣きたいなら、気持ちいい方で泣かせてやるから」

「……っ」

彼の手が何をしたのかわからなかった。ただ、その瞬間、腰が無意識のうちに浮き上がり、下腹の奥にずしりと熱い塊が落ちて来たような感覚。

「あ……っ」

「……可愛い声だ」

「あ……い……いや……だ……っ」

「嫌じゃないだろ？」

「あ……ああ……っ」

大切なところをもてあそばれている。男の指に操られて、全身に不規則な痙攣《けいれん》が走る。自分の身体が自分のものでなくなり、男のものになっていく。

「可愛いな……濡《ぬ》れてきた」

「やめ……て……もう……やめて……下さ……」

「何で。尻《しり》が持ち上がってるくせに」

甘い声で囁かれる冷たい侮蔑《ぶべつ》の言葉。

「ほら、足開いてみろよ。どうなってるか……見せてみろ」

「いや……だ……」

「言ってることとやってることが違うぜ」

冷たく嗤われて、自分がいつの間にか、恥ずかしい姿勢になっていることに気づく。男の前に大きく両足を開き、すべてを明るいライトの下にさらしている。

「どこもかしこも可愛いな。確かに、男は……知らなそうだ」

滴るような色香を含んだ囁きが、耳元への口づけと共に吹き込まれてくる。その声だけで、下腹の奥に生まれた塊が大きく育っていく。全身の肌が熱くなり、うっすらと汗が浮かぶ。

「さて……おまえはどんな味がするんだろうな」

「や……やめ……っ！」

とろりと果汁を零し始めていた未熟な果実が深々と男の口の中へと含まれた。頭の中が真っ白になり、もう言葉も出ない。剝き出しの固く締まった尻を痛いほどにきつく両手でもみしだかれながら、差し出した形になったところを舌と唇で蹂躪《じゅうりん》される。

「はぁ……は……あ……っ」

耳をふさぎたくなるような濡れた音。綾瀬はただ声を上げ、浮かせた腰を淫《みだ》らに振るだけの存在に貶《おとし》められる。

「は……はぁ……あ……ああ……」

〝何を……しているんだろう……〟

何をされているんだろう。何をされるんだろう。腰が痺《しび》れる。大きく広げた太腿《ふともも》の内側が痙攣して、下から上へと熱い棒が突き立てられたような感覚に、悲鳴が上がり、白い尻が跳ね上がる。

「ああ……っ！」

両手で押さえても、溢れる声は止めることができなかった。彼の口の中に弾けさせてしまった雫《しずく》も止めることができず、スイッチが切れてしまったように、ぱたりと全身の力が抜ける。

「……いい味だ」

微かな衣擦《きぬず》れの隙間《すきま》から、彼の甘い声。

「誰も味わっていない無垢《むく》の味だな……」

人は命を奪わなくても殺せる。彼はそう言った。

〝その……通りだ〟

自分は壊された。殺された。彼に。

「……さぁ、これからだ」

恐ろしい声がした。生々しい体温が綾瀬の太腿からゆっくりと這い上がってくる。

「もっと足を広げろ」

「何……」

ぼやけた視界。もつれる舌。投げ出した四肢。聞こえた悪魔の囁き。

「決まってるだろ」

露《あら》わにされた信じられない場所。誰にも触れられたことのない尻の丸みを割って、固く閉じた窄《すぼ》みに焼けるほど熱いものが押しつけられる。

「……っ！」

「犯罪だよ」

切り裂かれる。引き裂かれる。殺される。小さな窄みを押し広げて入ってくるものが何なのかわかってしまった瞬間に、綾瀬は絶叫していた。

「い……いやだぁ……っ！」

拒む力以上の圧倒的な圧迫感で、体内に押し込まれてくるもの。それは彼のものだ。彼が男であることを誇示する固く熟《う》れたものが、綾瀬を貫く。恐ろしいほど大きく固いものに突き破られる。

「やめ……て……っ！」

痛みよりも衝撃。一気に奥まで押し込まれ、そして。

「あ……ああ……っ！」

揺さぶられる。力尽くで揺さぶられ、奥の奥まで貫かれる。逃れようとする肩を痛いほどに押さえつけられて、犯される。一度引き抜かれ、そして、息をつく間もなく、何度も何度も犯される。

あまりの衝撃に気を失う瞬間、彼の低い声がした。

「……強姦《ごうかん》だ」

ACT 9

ぱさりと何枚かの写真が、デスクの上に投げ出された。ブラインドの隙間から射し込む真夏の強い太陽が作るストライプ。その中で、きまじめで凡庸な顔がこっちを見ている。

「名前は眞柄隆史《まがらたかし》。四十歳。下町によくある町工場の三代目だ」

そっけない口調で、瑞木《みずき》は言った。

「こいつが、今日からのおまえの追尾対象だ」

「……はい」

あの地獄のような夜から、一週間が過ぎていた。再び三日間の病休を取らざるを得なかった綾瀬《あやせ》は、すっかり病弱のレッテルを貼《は》られる羽目に陥っていた。

〝誰のせいだと思ってるんだ〟

それでも、瑞木の前では平静を装い、意地でも体調の悪さや、すっかり植えつけられてしまった彼への恐怖感は、瑞木本人は知らないが、周囲には気取られていないはずだ。

病休明けに、綾瀬は二係の預かりから再び四係に戻されていた。

『野放しにしておくと、この可愛いねず公は何しやがるか、わかったもんじゃねぇからな』

そんな瑞木の一言でだ。

〝どこまで、人を振り回す気なんだ……っ〟

「ああ……いよいよ接触ですか」

隣に立っている結城《ゆうき》が言った。

「そろそろだとは思ってましたが」

以前に、瑞木から二枚の写真を見せられた。一枚は、今も追尾が続いているに違いない眞《しん》城悦夫《じょうえつお》であり、もう一枚が、この眞柄だった。

「町工場の社長さんが何でまた、ロシア人スパイなんかに……」

「日本の町工場の技術は侮れません」

いつものように、抑揚のない口調で綾瀬は言った。

「たとえば、軍事産業関係ではありませんが、アップル社が再生するきっかけになった音楽プレイヤーの鏡面仕上げは、日本の地方都市の町工場で、一つ一つ手作業で仕上げられていたと言います。今回の」

綾瀬の指が軽く写真の縁を叩いた。

「眞柄の工場は、微細部品の成型技術では群を抜きます。一つ一つはまさに芥子粒《けしつぶ》のような部品ですが、逆にそれがために、生半可な技術力では完璧《かんぺき》な成型ができません。彼の工場では、

NASAにも部品を納めています」

「それなら、安泰だろうになぁ」

わかっているくせに、瑞木が妙にのんびりとした口調で話を振ってくる。綾瀬の下調べがどこまでできているのか試しているのだ。小さく咳払いをし、隣の結城に気づかれないようにして、綾瀬は思いきり瑞木を睨《にら》みつけた。おおこわと瑞木の唇が小さく動き、その片端だけを微かに上げて笑う。

「……例のリーマンショックです。あれで余波をかぶったのは、金融機関だけではありません。むしろ、そこから融資を受けている企業、特に大きな利益を一度に上げているわけではない中小企業に多大な損害が出ています」

「貸し渋り、貸し剝がしとかかな」

結城の合いの手に、綾瀬は軽く頷いた。

「ご多分に漏れず、眞柄の工場もここ半年、かなり苦しい状況が続いています。従業員は二十人程度ですが、昨年末のボーナスは支払われておらず、このままでいったら、リストラ、最終的には倒産の目もあるでしょう」

よくできました。今度はそんな風に瑞木の唇が動いた。さすがにこれは結城も読み取れたらしく、くすりと笑いを漏らしている。

「お客さんが眞柄に渡りをつけたのは、先月あった工業関係のイベントだ。出展した企業をいくつかピックアップして、調べをつけたんだろう」

「……そして、眞柄がターゲットになった」

「どこも火の車ってのは変わりないんだがな。不思議と奴らは鼻がきく。同じ経営状態でも、転びそうな経営者に見事に目をつけてくる。その鼻の効き方は吐き気がするほど見事だ」

瑞木はぱんっと写真をまとめると立ち上がった。

「というわけだ。行くぞ」


眞柄の毎日は、ひどく単調なものだった。

『毎日、同じ時間に家を出て、自転車で工場に向かい、同じ時間に自宅に戻ります。判でついたようですよ』

先に追尾を開始していた先行班からの報告である。

四係には全部で二十二名の捜査官が所属している。三つの班に分かれており、瑞木はすべての動きを掌握した上で、自分の班も動かしているが、これは上を統《す》べるものによってやり方が異なる。二係の宮原《みやはら》などは、自分の班は持たずに、チェスの駒《こま》を動かすがごとく、見事に全捜査員をデスク上で動かしてみせる。これはこれで希有《けう》な才能であり、彼は公安部では『神』と呼ばれている。全知全能の意味である。

『妻子とは別居。離婚の話も出ているようですね。このまま、会社が倒産して負債を抱えれば、家族も無傷ではいられませんから』

綾瀬は、工場の事務所にこもって、あちこちに電話をかけたり、メールを打ったりしている眞柄の姿を、近くに確保した監視用の部屋からじっと眺めていた。

眞柄の追尾を開始してから、二週間が過ぎている。八月。路地には子供が植えたらしいひまわりが揺れ、早朝にはラジオ体操の声が聞こえる。都会の片隅にあるのどかな町の風景だ。

〝ロシアに情報を売って、そして、彼は助かるんだろうか〟

確かに、彼の会社が売りとしている微細部品は貴重なもので、それがないとどんなに巨大なスペースシャトルでも制御できないとまで言われている。しかし、逆に言えば、それだけでしかない。スペースシャトルが飛ばなくても、経済的に打撃を受けるところはない。そんなものに、ロシアは大金を出すだろうか。

「出さない……な」

前菜かデザートにはなっても、メインディッシュにはとうていなれない。それが眞柄工業の持つノウハウの実態なのだ。

『それでもな』

さっきまで、ここにいた瑞木が言った。

『みやげはみやげだ。いくらつまらんものでも、みやげにはなる。手ぶらよりはマシだろうが』

監視場所はマンションの一室だった。ここで、瑞木とたまたま二人きりになってしまった時、思わず身体を硬くしてしまった自分に、綾瀬はどうしようもなく腹が立っていた。そして、それを瑞木に気取られてしまったことにも。

『そんなに可愛く怯えないでくれ』

この強姦魔と怒鳴りたいのを必死にこらえ、淡々と接してやっているのに、男はしゃあしゃあと言ってのける。

『また襲いたくなるじゃねぇか』

本気で公安部長に訴えてやろうかとも思ったが、冷静に考えてみれば、男が男に強姦されたといっても、実のところ、強姦罪は成り立たない。罪状としては傷害罪だ。しかも、それを証明するためには、診断書が必要になる。もしくは身体検査を受け、写真を撮られる。

「そんなことできるか」

瑞木のやったことは、綾瀬を黙らせるという意味では、確かに正しかったのである。

生まれて初めて、人が怖いと思った。生まれて初めて、身も世もなく泣き叫び、許しを請い、幾度となく失神させられた。

あれだけのことをしておきながら、上司として平然としている瑞木も瑞木だが、あれだけのことをされておきながら、彼の元へと戻った綾瀬も綾瀬だ。

そう。確かに自分は壊れてしまった。今まで築き上げてきたモラルや正義をすべて木っ端微塵《こっぱみじん》に打ち砕かれたのだ。後に残ったものは、空っぽになった自分だ。今の綾瀬は、自分が何者で、なぜここにいるのかもわからなくなりかけている。

何を信じて、生きていけばいいのだろう。

「あ……」

大きく息を吐き、目頭のあたりを押さえながら、眞柄が立ち上がった。その浮かない顔から、今日も金策がうまくいかなかったことがわかる。

『眞柄工業は来月の決算を乗り越えないと、不渡りを出すことになります』

「倒産……か」

祖父の代から守ってきた会社を自分の手でつぶす。遊んでいてつぶしてしまったのなら、それは自業自得というものだろうが、眞柄の場合は違う。

彼は真面目だった。ひたすら真面目に、機械のように働き、良心的な商品を作り上げるまさに職人だった。そんな彼だったから、ボーナスをもらえなくても、従業員たちは誰一人として退職せず、黙々と仕事を続けてくれたのだ。

「悦夫」

寡黙だが誠実さの伝わる眞柄の横顔に、綾瀬は幼なじみのきまじめで、どこかやつれの見える姿を重ねる。

いつから、自分はこれほど感傷的になったのだろう。アンドロイドと陰口を叩かれ、人間らしさなどどこにもないと罵《ののし》られ続けてきたはずだったのに。

「……自分の思うがままに生きられる人間なんて、いやしない」

冷徹な事実。誰しもが、どこかで現実と折り合いをつけて、破ることのできない枠の中で生きている。自分もまたそうであることを、綾瀬は知っている。ただ、それを今まで苦痛に思ってこなかっただけの話なのかもしれない。

綾瀬にとっては、決められた枠の中で生きること自体が、一種のゲームだった。その中で勝ち残り、いちばんいいポジションを得ることが、綾瀬にとって最大の興味であり、また目標だった。

〝人の価値を測る物差しはいったいどこにあるんだ？〟

トップに立つことが、最高であるはずだった。そこに立つことを許される限られたものだけに、神は微笑むはずだった。だが、実際はどうだ。

枠の中でトップに立つために、綾瀬はさまざまな方法を用いてきた。頭脳を極限まで回転させて、冷徹にゲームを組み立て、赴任したすべての所轄《しょかつ》で、未解決事件はひとつも出さなかった。それでも、警視庁に戻った自分を待っていたのは、前代未聞の不祥事であり、キャリア警察官にとって最大の屈辱である二階級もの降格と懲罰《ちょうばつ》人事。もう神は現れない。綾瀬の運命を巧妙に操っていた気まぐれな神は、一段階段を踏み外した綾瀬をどこまでも深い奈落《ならく》に突き落とすことにしたらしい。

瑞木貴穂《たかほ》警視正。エリートの中のエリートで、警察官とはとても思えないような、粋で洒脱《しゃだつ》な雰囲気を漂わせた男は、ゆがんだ笑みを浮かべながら、綾瀬を深みへと引きずり込んでいく。

〝なぜ、私は逃げ出さないんだろう〟

綾瀬の頭脳は、完全にデュアルな状態で動く。言ってみれば、視覚から入ってくる刺激を受ける右脳は、目の前で展開されている状況を、まるで写真でも撮るかのように、正確に記憶していく。と同時に、左脳ではまったく別なことを考えることもできる。今がまさにそうだった。

〝あんな……男には今まで会ったことがない〟

見下ろす窓。四角く切り取られた視界の中で、きまじめな顔をした男がじっとデスクに座り、何かを考え続けている。その男の姿を見つめながら、綾瀬の頭の中にいるのは、まったく別の男だった。

〝どうして、あれほど傲慢になれる。あれほど……自信に満ちて、人を見下すことができる。人を……〟

電話が鳴ったらしい。男が受話器を取るのが見える。

〝支配することができる〟

「え」

ふっと綾瀬の意識が現実に戻った。それはまるで、映画のスクリーンを眺めていた観客がはっと我に返って、いつの間にか映画は終わり、目の前にあるリアルな現実を見つめるさまに似ている。

〝顔が……変わった〟

受話器を取った男の顔が、さっきまでと明らかに変わっていた。眉間《みけん》に深くしわを寄せ、世の中の苦悩をすべて背負っていたような男の顔が、ぱっと明かりがついたように明るくなっていたのだ。瞬間的に連絡用の携帯を開いたのは、まさに反射神経のなせる業だ。

「綾瀬です」

綾瀬は相手が答える前に言った。

「お客さんは、今電話をしていますね」

ACT 10

捜査車両である大型ワゴン車の中に、綾瀬《あやせ》は久しぶりに乗っていた。

「しかし、よく眞柄《まがら》とお客さんの接触がわかったな」

先に乗り込んでいた笹倉《ささくら》が言った。

「盗聴はしていなかったんだろ？」

「別に必要はありませんでしたから」

綾瀬は無表情に答える。

「見ればわかります」

「見れば？」

今、眞柄は大柄なロシア人ユーリ・コルチャコフと、ホテルのティールームで向かい合っている。これはいつか見た光景だ。

〝真城《しんじょう》と……同じだ〟

衆人環視の中での、初期の接触。これが、瑞木《みずき》が言うとおり、エージェントが協力者と接触する際のセオリィなのだろう。

「あの男の顔、見て下さい」

綾瀬は、追尾している結城《ゆうき》が持っているカメラから送られてくる画像を指さしながら言った。

「笑っています」

「笑っている？」

「ええ」

綾瀬は頷《うなず》く。

「眞柄の経営する工場は、危機的な状況にあります。このままでいったら、間違いなく振り出した手形は不渡りとなり、倒産するでしょう。家族もこのために離散状態になっています」

「ああ」

「しかし、眞柄は笑っています。人はいくら作り笑いでも、こんな状況でそうそう笑えはしないものです」

「おまえに人間の感情の機微を教えてもらうとは思わなかったなぁ」

助手席に座っていた瑞木が、両手を頭の後ろに組み、ふんぞり返った体勢で言った。

「なぁ、ササ」

「彼があれほど笑っていられるのは、会社が持ち直す希望が見えたからです」

綾瀬は栗《くり》色の髪がきらきらと揺れる助手席を睨《にら》みつける。

「あのロシア人スパイは、偽物の希望を彼にちらつかせているんです」

「偽物の希望？」

笹倉が振り返る。

「何だ、それ」

「えらいえらい」

ぱちぱちとふざけた拍手が車の中に響いた。

「えらいねぇ。そこまで、人の心がわかるようになったんだ。氷の心のお姫様」

瑞木のちゃちゃをきれいさっぱり無視して、綾瀬は言う。

「彼がちらつかせているのは、恐らく、多額の取引の仲介でしょう。外交官が仲介する取引が偽物で、単にNASAに納入している微細部品の情報が欲しいためのエサとは、誰も思わない」

「どっちに転んでも、地獄が口を開けて待っているってことさね」

同情もへったくれもない、どこか酷薄な印象を受ける口調で言って、瑞木は大きく伸びをした。

「その地獄が泥に沈むだけで済むか、それともその上に鉄のおもりがつくか、それだけの違いだ」

「……行きます」

綾瀬はすっと立ち上がった。

アンドロイドと呼ばれたこの自分が、瑞木のまさに血も涙もない言葉に、少なからず動揺していることが信じられず、また、許せなかった。

〝こいつは国家機密に近いものを売ろうとしているんだ。係長の言う通りじゃないか〟

眞柄の笑顔すらきまじめな顔に、真城の横顔がダブる。

〝でも、国を売る気なんかないんだ。この人たちは刑事部が追いかけている犯人とは……どこか違う〟

同じ犯罪者だ。逮捕するのは、いずれも司法警察官であり、裁くのは司法裁判所。何も変わりはない。しかし、刑事部が扱う犯罪と公安部が扱う犯罪には、決定的な違いがある。それは刑事部の扱う犯罪はすでに起こった犯罪であり、公安部の扱う犯罪はこれから起こるであろう犯罪だ。公安部が忌《い》み嫌われるのは、これから起こるであろう犯罪を、時に未然に防がない道を選ぶところにある。今、ここで止めれば、犯罪を犯さずに済むであろう人間を救わず、犯罪を犯させてしまうところにあると言われている。

『そうでなきゃ、害虫を追っ払えねぇからなぁ』

しゃあしゃあと瑞木は言ってのけたものだ。

『何とかは元から絶たなきゃってな』

モニターの中で、長身のロシア人スパイが立ち上がっている。差し出された手を押し戴《いただ》くようにしている眞柄を見ないようにして、綾瀬は車を降りた。

「先に」

前を向いたまま、ほとんど口を動かさずに、綾瀬は言った。

「歩かないんですね」

「あ？」

三分の一歩ほど後ろを歩いている瑞木が応じる。二人の右斜め前にはロシア人スパイがゆったりと歩いている。

「……この頃です。あなたは私の前を歩かなくなりました」

「必要ねぇだろ」

退屈そうに、瑞木は言う。

「俺にだって目はついてる。もう、俺が引っ張ったり、盾になったりしなくても、おまえは追尾できる。俺だってさ」

唇がにやりとゆがむ。

「おまえの味見ばかりを狙《ねら》ってたわけじゃないんだぜ？」

〝殺してやる……〟

自分の行為を強姦《ごうかん》だと言い切った男に、いったい何回犯されたのだろう。最初の行為から何度も何度も気を失い、気がついたのは登庁時間をずいぶん過ぎた頃だった。腰が抜けるとはまさにあのことを言うのだろうと思う。足腰がぐにゃぐにゃになって、立ち上がることはおろか、半日以上はベッドから出ることもできなかった。

しかし、逆に言えば、いわばセックスの対象として色眼鏡《いろめがね》で見ていたわりには、瑞木は綾瀬の能力をかなり正当に評価している。ある意味、入庁して初めて、綾瀬の持つ高い潜在能力を見抜き、見事に使いこなした上司ということになるだろう。

〝めちゃめちゃ腹は立つが……っ〟

「……このまま大使館に戻るようですね」

綾瀬は無表情を装って言った。背後から感じる視線や微《かす》かな香りはあえて無視する。

〝意識なんかするか……っ〟

「さて、どうかな」

のんびりとした声。

「え?」

「ま・え」

とんと肩を突かれた。

いつの間にか、ロシア人スパイは人通りの多い道を外れていた。都会には、一本道を外れただけで、ほとんど人の通りもない小さな路地が何本も存在する。そんな一本に、大柄な外国人が踏み込んでいく。

「追尾は……」

「こっちだ」

男が足を止める。瑞木の強い腕が綾瀬を引き戻し、喫茶店のような店の裏口に押し込む。

「……デッドドロップ」

瑞木の低い声が耳元に触れる。

「え」

「奴から目を離すな」

ロシア人スパイが立ち止まる。それは彼にひどく不似合いな場所だった。

小さな赤い鳥居。両側に古びた狐の石像。そして、両手で持ち上げられそうなほどこぢんまりとした社《やしろ》。

「可愛《かわい》いお稲荷《いなり》さんだこと」

「いったい何を……」

「しっ」

軽く綾瀬の唇に指先で触れて、瑞木は言葉を封じる。そして、後ろから綾瀬のほっそりとした身体を抱いた。

「何を……っ」

「いい抱き心地だ。細いわりにきれいに筋肉がついてるし、何よりいい匂《にお》いがする」

〝捜査中に……何やってるんだ、この人はっ〟

何より腹が立つのは、この身体がすっぽりと抱きすくめられてしまうことだ。

〝こんなに……体格差があるなんて……っ〟

息を潜める二人の前で、大柄なロシア人スパイは不思議な行動をとっていた。周囲を窺《うかが》いながら、小さな社に近づき、不器用に扉の留め金を外し、ジャケットの内ポケットから何かを取り出すと、その中に手を差し込んでいた。

〝何をしているんだ……〟

彼はすっとそこから手を抜く。その手には何もない。

「え……」

そして、彼は足早に歩き出した。明らかに用は済んだといった風情《ふぜい》だ。

「おっとぉ」

追尾を続けようとする綾瀬を瑞木が再び抱き込む。

「離して下さい」

「おまえはこ・こ」

ちゅっと小さな音を立てて、耳元にキスをし、瑞木はにやりと笑った。

「可愛いな、おまえ」

「な、何するんですかっ！」

さすがに大声を出すことは、警察官として、男としてのプライドが許さなかった。

「はい、お利口さん」

少し崩れた、だが、それだけに妙に魅力的な笑みを浮かべて、瑞木がすうっと身体を離す。

まるでペットを可愛がるように、綾瀬の大切なところをふんわりと撫《な》でてから、

「ここで張ってろ。奴はササと結城に追尾させる。ここで」

再び、耳元に唇を触れさせて、囁《ささや》いた。

「何が起きるのか、よーく見てろ」


裏路地にぽつりと佇《たたず》む小さなお稲荷さん。それでも、地元の人たちがひとりふたりと立ち寄り、小さく拝んでいく。

「何で、あんなところに用があったんだろう」

綾瀬は小さな喫茶店の窓際にいた。ロシア人スパイが立ち寄っていった社を見下ろす位置である、二階の店だ。何せ、ところは狭い路地だ。ある程度の時間、身を隠すようなところがなかったのである。

〝隠れた名所……ってわけでもないだろうし〟

日本人など情報源のひとつとしか考えていないような男が、その日本の文化に興味を寄せるとは思えなかった。話題のひとつとして、知識を入れることはあっても、積極的に興味を持つことはない。

〝奴のようにプロフェッショナルのスパイが、無駄なことをするはずがない〟

コーヒーはすでに三杯目。そろそろ、胃が悲鳴を上げそうだ。メニューを頼もうかと手を上げかけた時だった。

「あれ……は……」

声を飲み込む。大きく、自分の目が見開かれていくのがわかった。

〝どうして……来たんだ……っ〟

辺りを窺うように、少し猫背気味に現れたのは、すでに見慣れてしまった背中。安っぽい吊《つる》しのスーツ、くたびれた靴と鞄《かばん》。年齢よりもかなり老けた印象に見えるのは、どこか人生を諦《あきら》めたような精気のない表情のせいだろうか。

〝悦夫《えつお》〟

綾瀬は唇を血がにじむほどに噛《か》みしめた。しかし、職業意識がその身体を自然と動かしていた。綾瀬の指は、窓際に置いていた笹倉お手製のバッグ入りカメラを操作していた。カメラが目の前で起こることを、残酷なまでに忠実に記録し始める。

綾瀬が忘れることのできない唯一の男が、コルチャコフの動きをなぞっていた。彼は周囲を窺い、ちょうど通りかかった老婆をやり過ごすと、鳥居をくぐった。カメラと綾瀬の瞳が、彼の動きをじっと見つめる。

〝何を……しようとしているんだ〟

彼は願掛けに来たわけではないようだった。賽銭《さいせん》箱には目もくれずに、小さな社の扉に手をかける。既視感。留め金を外して、中に手を入れる。

「悦夫……」

真城悦夫が再び周囲を見回し、すっとその手を抜いた。素早く鞄の中に、その手を滑り込ませる。

「どうして……っ」

思わずこぼれた掠《かす》れたつぶやき。拳《こぶし》でテーブルをどんっと叩《たた》いてしまう。空になっていたカップが跳ね上がった。

「お客さんっ」

カウンターの中からオーナーが声をかけてくる。

「大丈夫ですかっ」

「あ、ああ……すまない」

綾瀬は軽く手を上げて、オーナーを制し、固く奥歯を噛みしめながら、目の前で起こっていることを見つめ続ける。

真城が歩き出していた。相変わらず背を丸め、心持ち足早にその場を歩み去っていく。

「どうして……なんだよ……」

その痩《や》せた背中を見送りながら、綾瀬は心の中がすうっと冷たくなっていく感覚に陥っていく。

彼が神を祀《まつ》る社から抜き出した手には、明らかに何かを持っていたのである。それは、ロシア人スパイが滑り込ませた薄手の封筒と酷似したものだった。

ACT 11

「デッドドロップだな」

綾瀬《あやせ》が持ち帰った画像を観ながら、瑞木《みずき》はぼそりと言った。インスタントコーヒーがたっぷり入ったカップを手にして、デスクに両足を投げ出している。そのデスクの上には、デジカメをつないだパソコンが開かれていた。

「デッドドロップ？」

聞き慣れない言葉に、綾瀬はわずかに首をかしげた。

「そういえば、追尾中にも係長はそう仰《おっしゃ》っていらっしゃいましたが」

「スパイが情報をやりとりするひとつの方法だよ」

一緒に画像を観ていた笹倉《ささくら》が言った。

「直接顔を合わせずに情報をやりとりする方法だ。ひとつの場所を決めておいて、提供者がそこに提供する情報を置き、スパイが回収する。報酬も同じ手段でやりとりする。だいたいはスパイが回収時に報酬を置き、提供者が回収する」

「それがデッドドロップ。綾瀬、よくこの映像押さえたな」

くるりと椅子《いす》を回して、瑞木が言った。

「動かぬ証拠ってやつだ。これで、真城《しんじょう》がお客さんに何らかの情報を提供し、その見返りを受け取っていることが確かになった」

綾瀬は一言も発していなかった。

〝悦夫《えつお》は……なぜ、こんなことを〟

綾瀬の知っている真城、いや高谷《たかたに》悦夫は卑怯《ひきょう》なことをする男ではなかった。最悪と言っても過言ではない生活環境の中でも、しっかりと顔を上げて、少年ながらも大人びた知性と強さを持っていた。それは恐らく、自衛官になってからも続いていたはずだ。そうでなければ、内調に引っ張られるほどの研究成果を上げられるはずがない。自衛官の中でも、制服組と呼ばれ、出世の道を駆け上がっていくエリートはほんの一握りなのだ。そこに身を置いていた高谷が、なぜ、売国奴に成り下がってしまったのか。

「ササ」

「はい」

瑞木が言葉を続けた。

「奴がお客さんに渡しているのは何だと思う」

「真城の専門からいって、恐らく、人工衛星に関するものでしょう。日本には一応軍事衛星はないことになっていますが、実際には、気象衛星が送ってくる情報の中に、軍事転用が可能なものが多々ありますし、民間衛星の画像解析も行っています。情報自体はそうそう簡単に引き出せないでしょうが、衛星軌道や衛星の性能、構造などがわかれば、どのくらいの情報がどの程度の精度で得られるかはわかるでしょう」

「……見返りは何なんでしょうか」

　綾瀬はぽつりと言った。

「高谷……真城悦夫は独身の制服組でした。私生活を調べても、特に金に困っている節はありません。陸自時代はずっと寮住まいでしたし、今も官舎住まいです。彼が金のために……スパイになったとは思えないのですが」

「さぁて、それは奴に聞けばいいことだ」

　露悪的な物言いをして、瑞木は不敵に笑う。

「明日から、徹底的にお客さんを追い回すぞ。デッドドロップのポイントをすべて洗い出してつぶせ。奴らが再び直接接触を持つようにな」

　スパイを逮捕するには、その情報取引現場を押さえ、現行犯逮捕するしかない。そのための気の遠くなるような労力を注ぎ込んだ証拠固めは、このデッドドロップの映像を持って、今終わったのだ。

「真城悦夫を国家公務員法違反で逮捕する」

綾瀬の目を見つめて、瑞木ははっきりとした口調で、宣言するように言った。

「綾瀬くん」

いつもより少し早く警視庁を出た綾瀬は、背後からかけられた涼しい声に振り返った。

「そんな魂抜けたような顔でふらふらしてると、また、誰ぞに襲われるよ」

ぎくりと肩が震えた。

ハザードをつけた車に寄りかかるようにして立っていたのは、夜目にもほの白い美貌《びぼう》を輝かせた辣腕《らつわん》検事だった。

〝妙なところにばかり現れる人だな……〟

「陸《くが》検事」

この人は、綾瀬と瑞木の間にあったことを知っている。屈辱に身体が震えると同時に、なぜか身体の奥が熱い手で摑《つか》まれる感覚が襲ってきた。ぎりりと奥歯を噛みしめることで、どうにか声の震えを抑える。

「別に、魂など抜けていません」

「そう？　ま、いいけど」

ふふっと軽く笑って、陸は車のドアを開けた。

「乗りなさい。送ってあげるから」

「結構です」

「乗りなさいと言うのが聞こえなかったかな」

優しい声がふんわりと言った。

「これは誘いじゃないよ」

軽く唇の端がつり上がる。

「命令だ」


陸の運転は、その容姿のイメージ通りのエレガントなものだった。無理なスピードは出していないのに、するすると渋滞を避け、車体を完全に安定させたまま、ほとんどブレーキでの減速をせずに、かなりのカーブも駆け抜ける。上質なテクニックに裏付けられた優雅な運転だ。

「真城悦夫をターゲットに据《す》えたそうだね」

綾瀬は答えなかった。いくら相手が高検検事でも、捜査上の秘匿《ひとく》義務はある。

「口が固いねぇ」

辻斬《つじぎ》りの陸。

そう呼ばれ、恐れられている辣腕検事は、おっとりとした優しい口調で言った。

「そんなに構えないでくれないかな。別に取って食うとは言ってないし、捜査上の秘密を聞き出そうとも思ってないから」

「別に構えてはいません」

綾瀬は端的に答えた。

「ただ、ここに私がいる理由がわからないんです。私は陸検事に呼ばれるような覚えがないものですから」

「あれ、そう？」

「……」

この陸と瑞木は旧知の仲であるらしい。挨拶《あいさつ》と称して、綾瀬をわざわざ高検まで連れて行ったほどだ。しかし、その旧知の意味が綾瀬にとっては、何ともうさんくさい。警察と検察は、実のところ、それほど仲がいいわけではないのだ。

「ふふ」

微かな声を立てて、陸が笑った。

「可愛いなぁ。そうやって、爪立てて、毛並み逆立ててるあたりが、うちの猫そっくり」

「……」

「まだ三ヶ月なんだけどね、一人前に怒ると爪立てるし、ふうっとか唸《うな》るしねぇ。こっちの指先ひとつでころんとひっくり返るくせに」

よりによって、子猫にたとえられてしまった。

不祥事を起こして、二階級降格の上、懲罰《ちょうばつ》人事を食らった綾瀬など、トップエリートの道を着々と歩いてきた陸や瑞木にとっては、人ですらないらしい。

〝もう……捨てるプライドもないが〟

今まで肩肘《かたひじ》張って、時に虚勢を張って、守ろうとしてきたものはいったい何だったのだろう。

〝いや……守ろうと思ったことなど一度もない〟

ただ、綾瀬はひとりで走り続けてきただけだった。立ち止まったら、倒れてしまう。倒れても、誰も手を差し出してはくれない。いや、誰にも手を差し出されたことがないから、倒れたらもう立ち上がれないと思ってきた。だから、周囲をすべて突き飛ばすようにして、走り続けてきたのだ。

今まで、誰も綾瀬を止めることができなかった。立ち止まらせることも、引き戻すことも……引き倒すことも。

「で、どう？　この間は聞きそびれちゃったけど、公安の居心地は。もう慣れた？」

「どうと言われましても。慣れるということがどういうことなのか、私にはわかりませんので」

「そうだねぇ。強いて言うなら、どんな事情があろうが、裏があろうが、弱みがあろうが、犯罪は犯罪だし、犯罪を犯した人間は裁かれなければならない」

「それはわかっているつもりですが」

「そうかな。罪を憎んで人を憎まずなんて、甘い考えは捨てろってことなんだけど」

高検検事から出た凄《すさ》まじい言葉に、綾瀬は一瞬絶句した。

「陸検事……」

「よく刑事部の人はさ、そういうこと言うんだよね。特に、被害者がどっから見ても悪人だったりするとね。仕方がなかったとか、犯人にも同情する余地があるとかさ。僕ね、そういう安っぽいヒューマニズム、大嫌いだから」

綾瀬は小さく息を吸い込んだ。

「それは……私も同意します」

所轄《しょかつ》にいた頃、それでよく部下とぶつかったものだ。綾瀬は彼らがよく言う人情という言葉が理解できなかった。冷血だのアンドロイドだのと言われながらも、綾瀬は罪は罪だと思っていた。だから、女子高生の泣き落としにも引っかからなかったし、妻を殺害して、悲劇の夫を演じていた男に騙《だま》されることなく、あっさりと逮捕もできた。

「うん、君の刑事部での活動を見る限り、その言葉は嘘じゃなさそうだね」

「お調べになったんですか」

「ま、自然と目立つ人のことは耳に入ってくるものだから」

肩をすくめて、陸は言う。

「君だって、僕の名前くらい知ってたでしょ」

「はい」

辻斬りの陸。顔を見たことはなくても、その名前はいい意味でも悪い意味でも有名だった。ただ、こんな優男《やさおとこ》とは知らなかったが。

「瑞木が君を公安に引っ張ったのは、たぶん、そんな君の持って生まれた……ううん、違うか。今日に至るまでの人生経験で培われた透徹した理性、人情とか言う、一部にだけ都合のいいきれい事を廃して事象を冷静に分析できる能力を高く評価したからだと思うよ」

「そうとは思えませんが」

綾瀬はつっけんどんに答える。

「係長には、知性は認めていただいているようですが、情の部分は子供だと評されました」

「あれれ」

「私の知の部分はひどく透徹した、恐ろしいほどの切れ味を持っているのに、情の部分は信じられないくらいに子供なんだそうです」

「ふぅん……」

少しの間、何か考えを巡らせてから、陸はゆったりとした口調で言った。

「だから、いいのかもしれないな……」

「はい?」

「うん」

　ふわりと振り返る白い顔。

「子供って正直でしょ。子供の目には世間っていうフィルタがないから、その目に映ったことが事実になる。それは真実へのいちばんの近道だね。なるほど、君の犯人検挙率の高さの秘密はそれか」

　そう言ってから、くすっと笑う。

「ま、瑞木のそれは後付けで、本当は君の美人ぶりに一目惚《ひとめぼ》れしたらしいんだけどね」

「顔のことは言わないでいただけますか」

　綾瀬はつけつけと言った。

「そのお言葉は、陸検事に返る言葉と思いますので」

「何言ってるの。知らないの？　僕とか君レベルになると、美貌も才能のひとつだよ」

　しゃあしゃあと言う神経が凄《すご》い。

「僕は、この顔で生まれてきて、損をしたと思ったことは一度もないよ」

「私は、自分の顔を美しいと思ったことはありませんし、この顔のおかげで得をしたと思ったこともありません」

「それは自覚が足りないなぁ」

　いくらハンドルを切っても、ぴたりと手首に張りついて動かないシャツのカフスとジャケットの袖口《そでぐち》。恐らく、どちらも高価なオーダーものだろう。

「美貌は使うべき武器だよ。僕はこの顔を聴取でも、法廷でも思いっきり使ってきたよ。おかげさまで、この年で高検検事になれたし、いずれ最高検に行くことになると思う。戴《いただ》いた辻斬りの名は伊達《だて》じゃないよ」

天は二物を与えずという言葉を、人は信じたがる。陸のような特別な美貌を持ったものが、頭脳の方も優秀で、最高の知性を持っているとは信じたくないだろう。だから、この美貌を見た瞬間に、鋭い舌鋒《ぜっぽう》で叩きのめされるとは思わない。それが『辻斬り』と、彼が呼ばれる所以《ゆえん》なのだ。あり得ない方向から飛んでくる理論の刃に、人は切り裂かれる。

「ま……その自覚が足りないから、瑞木が苦労するんだろうけど」

「どういうことですか」

何も言わなくても、車は勝手に綾瀬が住む警視庁の寮に向かっている。別に驚くこともない。そんなことはとっくの昔に情報収集済みというところだろう。

「クールを気取っていても、どこか脆《もろ》い。僕みたいに、辻斬りだの、微笑《ほほえ》みの鉄面皮だの言われるくらいになれればいいのに、君は正直に過ぎる」

「正直?」

「君は別にクールなわけじゃない。ただ、己の感情のあり方がわかっていないだけだよ」

「感情のあり方…」

「感情の表し方と言ってもいいかな。君はただ、自分の感情の向かう先がわかっていないだけだ」

謎めいた言い方をして、瑞木はふわりと笑った。

「ま、いいかな。その内、嫌でもわかることだから」

車は単身寮の前に滑り込んだ。

「はい、おやすみ」

「陸検事」

ドアを開けようと腕を伸ばした陸の肩を軽く押さえて、綾瀬は言った。

「ひとつ教えていただけますか」

「何かな」

青白く射し込む月明かりの中で、秀麗な検事の顔が振り返る。

「……瑞木係長のことです」

「瑞木？」

ふっと白い顔が微笑む。

「彼に興味があるの？」

「え」

「瑞木に興味ある？」

「それは……っ」

「じゃあね」

陸は綾瀬の耳元に唇を寄せた。

「それは本人に聞くのがいちばんだよ」

「本人にって……っ」

彼の長い指がすっと窓の外を指さす。

「ほら、あそこにいるよ」

寮前の街灯下。すらりと立ち、煙草《たばこ》を吸っている長身の姿があった。

「いよぉ」

足下に落としていた煙草の吸い殻を丁寧に拾い集めて、瑞木は顔を上げた。

「意外に早かったな」

「……陸検事が送って下さいましたので」

「あれまぁ、何か余計なことを吹き込んでねぇだろうなぁ」

かりかりとこめかみのあたりをかいて、瑞木は言った。綾瀬はその横をすっと通りすぎる。

「別に。何も伺っていません」

「珍しい。あのおしゃべり検事が」

瑞木が当然のように後をついてくる。

「あなたほどではないと思いますが」

くるりと振り返って、綾瀬はつけつけと言った。しかし、瑞木は動じもせずにのんびりと首をかしげる。

「そりゃ、心外だな」

「何かご用ですか？」

寮の玄関で、綾瀬は立ち止まった。

「もう仕事は終わっているはずですが」

「終わってねぇよ」

瑞木の腕が綾瀬の肩を摑む。

「明日から、真城を徹底的にマークする。デッドドロップに応じるまでスパイ化の進んだ真城を逮捕すれば、お客さんは帰ってくれる」

「帰るって……逮捕は」

意外な瑞木の言葉に、綾瀬は目を見開いた。瑞木が粋に肩をすくめる。

「できるわけねぇだろうがよ。奴は外交官だぜ？　おまえ、外交官特権知らないわけじゃねぇだろ」

「あ……」

外交官特権。彼らは赴任地で犯罪を犯しても、大使館内にいる限り、日本の法律で裁かれることはない。つまり治外法権である。その上、国が帰国を認めれば、日本から出ることもできる。当然のことながら、それがスパイであるなら、帰国しても罰せられることはない。のうのうと本国で骨休めし、また別の名や、時には別の顔で舞い戻ってくる場合すらある。

「ま、SVRの場合、そこまで優しくはないみたいだけどな。日本でへまやらかしたら、まず本国でも、刑に処せられることはないまでも、権力の表舞台に浮かび上がることは、二度とできないだろう」

瑞木はそれが癖なのか、スラックスのポケットにいつものように両手を突っ込んだ。

「明日から、うちの班は全捜査官を投入して、真城悦夫の容疑固め、その上で逮捕状を取る」

「わかっています」

〝悦夫が逮捕される……〟

それでも綾瀬は冷静を装って、平坦《へいたん》な口調で答える。

「わかってねぇ」

珍しくも、瑞木が苛立《いらだ》ったように言った。

「おまえを見てるとわかる。おまえはまだ、真城悦夫の良心に期待している。そんなはずはないと思いながら、捜査をしている。そんな心持ちでいられては、最終段階でとんでもないミスを犯す可能性がある」

「ミスなんかしません」

あえて、上司の顔を見ないようにしながら、綾瀬は一言一言を区切るように、自分に言い聞かせるように言った。

「彼がデッドドロップに応じている映像を押さえたのは誰だとお思いですか」

「カメラのボタンを押したのは、おまえの警察官としての最低限の反射神経だ」

しかし、瑞木は冷徹に断じる。

「公安にいる以上、スパイ行為を憎め。スパイ行為を行う奴を憎み抜け。殺してやりたいほど憎め」

「係長」

綾瀬はきっと顔を上げた。

「ひとつお伺いしたいことがあります」

「何だよ」

「さきほど、陸検事にもお伺いしようとしたのですが、係長に直接聞けと言われました」

綾瀬はすっと一歩、瑞木に近づく。わずかに顔を上げなければ、身長百九十に届こうかという長身の瑞木には視線が合わせられない。

「係長はどうしてそれほどまでに、スパイを憎めるのですか」

「俺は公安刑事だ。当たり前……」

「警備部から移ってきた係長と違って、生え抜きである笹倉さんや結城さんは、もっとクールに割り切っています。これは仕事だという風に。それが一般的な公安刑事のプロ意識だと、私は感じています。いえ、そうでなければ、この特殊な仕事は務まらない。あなたの仰る通り、感情を持ち込んでは、任務を正確に遂行することは困難です」

「わかってるじゃねぇか」

「だからこそ、あなたの存在が不思議なんです。あなたは私の真城に対する個人的な思い入れに、敏感に反応しすぎているように思います。確かに、初期の私の行動は軽率なものでした。それは反省します。しかし、その後に関しては、私は感情を排しているはずです。一緒に行動し、私をも監視していたあなたにならおわかりでしょうが、私の行動にミスはなかったはずです」

綾瀬は、自分の意識がだんだんとクリアになっていくのを感じていた。研ぎ澄まされていく……そんな言葉がぴたりとはまる感じだ。

「今の私は、真城の容疑に疑いは持っていません。私がわからないのは、彼がなぜこのような行動に走ったかであり、それは逮捕してからでも聞き出すことが可能です」

話すことで考えをまとめるタイプの人間がいる。綾瀬は自分がそのタイプと思ってはいなかったが、こうして反射的に言葉を連ねているうちに、ひとつの考えがまとまっていくのを感じる。

「しかし、あなたは、わざわざ私の寮で待ち伏せするほどに、すでに割り切った私の行動に干渉しています。これは明らかに行き過ぎであり、私はあなたの方が捜査に別の思い入れを持っているように感じます」

「……弁の立つ奴は嫌いじゃねぇが、立ちすぎるのも可愛げがねぇぞ」

ぼそりと瑞木が言った。

「前にも言ったじゃねぇか。昔の男は忘れろって」

「そのことですが」

綾瀬はすっと顎《あご》を下げた。わずかな上目遣いで、口元を少しゆがませる。陸のちょっとした真似《まね》である。

「あなたレベルの下世話な言い方をさせていただくなら、昔の男とやらを忘れていないのは、あなたの方ではありませんか?」

「な……っ」

瑞木が言葉に詰まるのを、綾瀬は初めて見た気がした。

「自分が忘れることができないから、ずっと引きずり続けているから、私もそうだと思っているのではありませんか?」

完全に議論の主導権は、綾瀬の手に移っていた。綾瀬は艶然《えんぜん》と微笑んだ。

なるほど、陸の言う美貌の使い方とはこういうことかと、理性の部分で納得する。

「長話になりそうです。狭いところですが、私の部屋へどうぞ」

ポケットから鍵《かぎ》を取り出しながら、綾瀬は歩き出していた。背後に固い靴音を聞きながら。

ACT 12

「……俺もおまえと同じキャリアだ。おまえが刑事畑に行ったのとは違って、俺は警備部から望んで公安に来たがな」

「存じ上げています」

コーヒーメーカーのスイッチを入れ、ジャケットを取りながら、綾瀬《あやせ》は答えた。

「ご自分でそう仰いました。お忘れになりましたか？」

「は。まったく可愛げがねぇな」

コーヒーの香りが漂い始める。

「いい香りだ」

「職場の方にあなたが持ち込んでいらっしゃるものの方がよいものかと思いますが」

「あれは俺が飲むためのもんじゃない。関《せき》さんやササのためさ」

さらりと瑞木《みずき》は言う。

「俺はコーヒーが落ちるまで待ってられないからな。インスタントで十分だ」

「……そうですか」

綾瀬が自宅で愛飲しているのは、近くのコーヒーショップのオリジナルブレンドだ。酸味があまりなく、浅煎《あさい》りのところが気に入っている。

「俺が警備部にいた頃、俺に警察官のなんたるかを一から叩き込んでくれた人がいた」

決して広いとは言えない官舎だ。そこをうろうろと歩き回り、カーテンの端をめくったりしながら、落ち着かない様子で、瑞木は話を続けた。

「当時の警備部の警備一課長だった。ふつう、新人の教育は古参がやるもんだったが、あの人は違っていた。てめぇの部下はてめぇで仕込む。御大自ら出馬して、徹底的に俺を仕込んでくれた」

「あなたのようですね」

カップを渡す。

「徹底的にね」

「勘違いすんなよ」

にやりと笑って、瑞木がキザに舌を鳴らす。

「俺が仕込まれたのは、警察官としての立ち居振る舞いだけ。俺はおまえと違って、素直だったもんでね」

逃げ損なった綾瀬の腕を軽く掴んで、瑞木は軽々と引き寄せる。ちゅっと派手な音を立てて、頬《ほお》にキスをされた。

「……身体に仕込む必要はなかった」

「それで、その方は今、どちらに。警備部長ですか？」

ぱしりと腕を払って、綾瀬は言った。

「いや」

コーヒーをすすり、瑞木は軽く首を振る。

「もうここにはいない」

「それではどちらかに？」

彼の手がすっと天を指さした。

「え？」

「お空の上さ」

お空。彼はそんな言い方をした。

「……お亡くなりに……？」

思わず言葉が詰まった。

「ばかばかしい死に方だ」

珍しくも、瑞木が吐き捨てるように言った。

「あのまま、警備部にいりゃよかったのに、外務省に呼ばれて、ほいほい行っちまった」

「外務省……って」

「正確には、ここから警察庁に出向になって、そのまま海外に行った。そこで」

「お亡くなりになったんですか……」

「馬鹿な死に方だ」

瑞木は苛立ちを抑えきれない様子で激しい言葉を続ける。

「サッチョウからの海外……特に共産圏への赴任は危険だと言われていた時代だ。誰もが止めた。誰も彼が行くことを望まなかった。国内にいるものは」

「国内?」

「彼を呼んだのは、当時のソ連に駐在していた外交官だった。彼を駐在武官として呼びたかったんだ」

「あ……」

ロシアになる前のソ連と日本との関係は、今とは比べものにならないくらい悪いものだったはずだ。冷戦時代である。ソ連だけでなく、東欧に駐在する外交官たちは、常に身の危険を感じていたと言われている。

「彼は警備部の腕利きだったのを買われて、警察庁に出向させられ、そのまま敵のど真ん中といってもいいソ連に呼ばれた」

「その方は……どうして亡くなられたんですか」

聞いてはいけない。聞かない方がいい。彼にこれ以上言わせてはいけない。そう思いながらも、言葉は勝手に転がり出る。少し苦い口調ながらも、彼もまた何かを吐き出すように話し続ける。

「一応、病死ということになっている。書類上は」

「書類上ということは」

綾瀬はぱちりとコーヒーメーカーのスイッチを切った。

「……暗殺されたんですね」

冷戦当時、外交官が謎の死を遂げることが間々あったと言われている。スパイが横行し、まさに情報を互いに狩り合う壮絶な冷たい戦争の最中、仮想敵国にいた外交官が報復措置として、暗殺される時期があった。それはほとんどが毒殺であったと言われている。病死として処理しやすいためだ。

「サッチョウからの赴任、しかも、彼はわざわざ呼ばれてソ連に行った。それだけ有能で、信頼の置ける大事な人材だってことだ。奴らは舌なめずりしただろうな」

「え……」

瑞木の顔が陰惨《いんさん》にゆがんだ。

「こいつを殺せば、日本は大打撃を受ける。ソ連を恐れる。顔を見た瞬間に殺したかっただろうな。よく……赴任から半年も我慢したものさ」

「あなたは」

綾瀬はゆっくりとコーヒーをすすった。職場にあるものよりも、柔らかくほっとする味わいだ。

「私のことを過去にこだわるのなんのと非難なさいましたが、結局ご自身も過去に縛られているのではありませんか？」

「何？」

「あなたは、あなたを育てて下さった方を亡き者としたものに対する怒りを、スパイハンティングをおおっぴらにできる公安部に異動してまで、スパイ狩りに向けている。それは決して、仕事を仕事として割り切る公安刑事のあるべき姿ではないと思います」

綾瀬は上司に向かって背を向け、はっきりとした口調で言う。

「私が真城に対して思い入れを持つことと、あなたがスパイに対して異常なまでの怒りを燃やすことのどこに違いがあるのですか？　冷静にインテリジェンスの世界に生きていないことに、違いはありません」

「……まったく、可愛くねぇ奴だ」

「しかし」

綾瀬はくるりと振り返った。苦々しげな瑞木を見上げ、ふっと小さく息を吐く。

「あなたの方が前向きであることは認めます。あなたの怒りは警察官としても、人間としても真っ当であり、そのエネルギーが正の方向に向かっていることは確かなようです。少なくとも……たとえ一時とはいえ、負の方向に向かいかけた私の感情とは違う」

「綾瀬」

「……真城を逮捕します」

綾瀬は唇を噛む。

「何としても、彼を逮捕します」

それが彼を唯一救う方法なのだ。

「ようやく、頭のいい美人さんに戻ったようだな」

瑞木の腕がするりと伸びた。

「……っ」

すばやく綾瀬の手からカップを奪い、軽く足払いをかけて、ソファに軽い身体を押し倒す。

「何す……っ」

これでも、警察官としての一通りの武道は身につけているはずなのに、なぜ、この男にはこうも簡単に押し倒されてしまうのだろう。

「何するんですか……っ!」

「あれ、こういう展開なしのつもりで、ここに俺を入れたのか?」

首筋に、彼の手がゆっくりと触れてくる。その生々しい体温に、ざっと全身が総毛立った。

は。

「やめて下さい……っ！」

理性で割り切れても、記憶は消えてくれない。この男に強姦されたという生々しい血の記憶は。

「……っ」

ふっと綾瀬の手が、瑞木の胸元に滑り込んだ。彼のつけているタイピンをくっと力を込めて抜き、その鋭い針先を彼の目に突きつける。

「これ以上のことをするなら、あなたの目をつぶしますよ」

瞬きをしたら、その針先に睫《まつげ》が触れる。綾瀬の手が少しでも震えたら、瑞木の眼球には間違いなく傷がつく。息もできない空気感の中で、ふたりはしばしの間見つめ合う。

瑞木の手は綾瀬の喉《のど》にかかっていた。彼が少しでも力を込めたら、綾瀬の細い首は折れてしまいそうだ。

「……なるほど」

その体勢を変えないまま、瑞木が唇の端を引き上げた。

「戻ってきたな」

「……ええ」

お互いの命を握り合ったまま、ふたりはただ見つめ合う。それはすでに上司と部下の姿ではないことに、ふたりは共に気づいていない。

「……どうなさいますか？　このまま私を殺しますか？　それとも、私に殺されますか？」

くっくっと瑞木が笑い出した。眼球ぎりぎりに針を突きつけられながら、笑う男など見たことがない。

つられたように、綾瀬もまた凄艶《せいえん》に微笑んでいた。絞め殺されかけながら、自分が笑えるなどとは思ってもみないままに。

「俺をやり込めたお仕置きは、またの機会にしよう」

ふわりと身を浮かせて、瑞木は綾瀬をソファに座り直させた。すっと身体を反らすようにして、自分も立ち上がる。

「そのタイピン、返してもらえないか」

「あなたがここから出て行く時にお返しします」

瑞木のタイを留めていたのは、よくあるタイを挟む形のタイバーではなく、タイを突き通す形のタイピンだった。ヘッドの部分には淡いブルーのダイヤがはめ込まれている。

「はいはい」

両手をホールドアップの形にして、玄関に向かう瑞木の上に向けた手のひらに、綾瀬はタイピンを乗せた。

「お疲れ様でした」

ACT 13

公安部外事一課第四係が、ロシア人スパイ、ユーリ・コルチャコフを追い始めて半年あまり。すでに風はひんやりと冷たく、季節は秋になっていた。事件は大きく動き始めようとしていた。

「眞柄《まがら》工業が傾きました」

まず、報告を上げたのは結城《ゆうき》だった。

「もっとも大口の取引先だった八坂《やさか》電子との契約が切られました。ここがあったから、銀行もぎりぎり貸し剝《は》がしを待ってくれていたわけですから、この情報が知れ渡れば、眞柄工業はあっという間に倒れます」

「お客さんと真城《しんじょう》のデッドドロップポイントが動きました。四ヶ所目です」

次の報告は綾瀬《あやせ》である。

「Mデパート屋上にあるベンチ裏です。ただ、ここは臨時のつもりのようです」

「なぜそう思う」

デスクに両肘を突き、握り合わせた手の甲に軽く顎をつけて、瑞木《みずき》が問い返した。

「ここはロシア大使館に近すぎます。もしかしたら、奴の帰国自体が迫っているのかもしれません」

間髪入れずに綾瀬は答えた。

「そして、これは陸《くが》検事からの情報ですが、近々内調に極秘でサッチョウの内偵が入るようです」

サッチョウとは、警察庁の略だ。警視庁と名称は似ているが、組織的にはまったく異なる。警視庁の正式名称は東京《とうきょう》警視庁。あくまで東京都の警察組織であり、警察庁はいわば国家の警察組織に近い。

「サッチョウ警備局のハイテク班が何か嗅《か》ぎつけたようです。近々、アメリカ大統領の来日も控えていますから、いろいろと神経質になっているようです」

「……時間がねぇな」

ぎりりと奥歯を嚙みしめて、瑞木が吐き捨てた。

「サッチョウに手を出されるとまずい。綾瀬、陸検事は何と言ってきた」

陸からの呼び出しは突然だった。昨日の退庁後、いきなり車に引きずり込まれ、耳元で囁かれたのだ。

『近々、サッチョウが内調をかき回しに行くよ。ソトイチの件とは別件だと思うけど、君の昔の男とやらがしっぽ摑まれると、何もかもが壊れる』

「……今回の件とは別件だと思いますが、もし、真城がハイテク班にしっぽを摑まれるような形で、情報持ち出しの痕跡《こんせき》を残していたら……終わりです」

真城が警察庁に持って行かれるようなことになれば、ロシア人スパイはさっさとケツをまくる。何事もなかったかのように出国し、いずれまた、極東《きょくとう》に舞い戻ってくる。

「……真城はいったい何を持ち出しているんだ」

瑞木がつぶやいた。

「奴はホシの担当だ。それはわかっている。だが、具体的に何をどんな形で持ち出しているんだ。それがわからないと……何を押さえていいのかがわからん」

国家公務員法違反で、彼を現行犯逮捕するには、取引の現場で、まさに取引のブツが相手方に渡った瞬間に押さえなければならない。取引物を取り違えることは許されない。実際、取引物の前に相手方に渡された手みやげ、相手方の家族へのみやげである絵本や菓子箱などを押さえてしまい、現行犯逮捕に失敗した例がいくらでもある。インテリジェンスの最前線は、一瞬の油断や勘違い、思い込みが命取りになる過酷な頭脳戦の戦場なのだ。

「……二本立てだな」

瑞木がぱんっと机を叩いた。

「ササと綾瀬は眞柄から目を離さないように。お客さんのお帰りが早いか、眞柄が強引な売り込みをかけるのが早いか。もう眞柄にも時間がない。真城を最悪サッチョウに持って行かれても、眞柄でお客さんを引っかける」

「了解」

「結城と関《せき》さんは俺と来てくれ。徹底的に真城を追っかける」

「了解」

ソトイチ瑞木班の最後の戦いが動き始めた。


眞柄の工場近くの寂れた喫茶店に、綾瀬と笹倉《ささくら》はいた。

入り口に向かって座っている笹倉がぼそりと言った。うまく観葉植物の陰に入っているので、笹倉の顔自体はロシア人スパイからは確認できないはずだ。

「……お客さん来たぜ」

「了解」

綾瀬は膝《ひざ》の上に小さなパソコンを開いていた。筐体は小型だが、中に強力な電波受信機を組み込んだ笹倉特製の盗聴用パソコンだ。このパソコンが盗聴するのは音だけではない。パソコン自体が発する微弱な電波を受信し、今、そのパソコンのモニター上にある情報を盗み取ってしまうのだ。もちろん、十分に接近する必要はあるし、遮蔽《しゃへい》物が少しでもあると完全な受信は難しくなるが、ものによっては、後で補完することも可能だ。とにかく、盗めるものは盗んでしまえという、ある意味、とても裁判などの証拠には使えない手段である。

「眞柄の……顔つきが変わってる」

笹倉がつぶやいた。

「目つきが完全にいっちまってるな」

「今朝方、銀行からの電話がありました」

パソコンを操作しながら、綾瀬は何気ない風を装って言う。

「融資の取り立てです。八坂電子との契約解除の情報が流れましたね」

「……貸し剝がしか」

「このままでいけば、間違いなく来月の手形は落ちません。倒産です」

『この前、あなたが買いたいと言っていた商品ですが』

眞柄の少しうわずった声が聞こえた。

『お売りすると言ったら、いくらで買ってもらえますか』

『商品だけですか』

ロシア人スパイの肉声を、綾瀬は初めて聞いた。驚くほどその日本語の響きは滑らかで、まるで日本人が話しているかのようだ。

『技術すべてを売る気はありませんか』

『ぎ、技術……』

『設計図、加工法、加工のための設備、そのすべてが揃《そろ》わなければ、買い取ることはできません』

『な……っ』

『驚くことはないでしょう』

ロシア人スパイの口調はぞっとするほど優しく、冷たい。

『あなたもそのつもりで、すべてを用意してきているはずです』

叩き上げの技術屋の顔がゆがんでいた。世界的な技術はその手にしていても、小さな町工場の経営者にビジネスの高度なノウハウはない。

『……本当に買ってもらえるんだな？』

『私を誰だと思っているんですか』

背筋が寒くなるような猫なで声。

『これでも、ロシア大使館に勤務する外交官、すなわちロシアを代表する人間ですよ。けちな詐欺《さぎ》なんか働きません』

「確かにけちじゃねぇな」

笹倉が低く言う。

「大がかりな……国ぐるみの詐欺だ」

『まずは商品を見せていただきましょうか』

スパイの言葉に、一瞬ためらった後に、眞柄は傍らに置いたバッグからノートパソコンを取り出した。

「やっぱり……」

綾瀬がつぶやく。

眞柄は若い技術者である。部品の設計やそれを作り出すための機器の設計は、すべてパソコン上でやっているはずだった。そして、それを外に持ち出すなら、膨大になるはずのプリントアウトはせず、大容量のフラッシュメモリか外付けハードディスクで持ち出すと踏んでいたのだ。

眞柄はパソコンを開くとポケットから取り出したメモリを差し、モニター上に図面を開いた。

「……取れるか」

笹倉の囁きに、綾瀬は小さく頷いた。

綾瀬の膝の上に開かれたパソコン上に、緻密《ちみつ》に書き込まれた図面が見事に受信されていた。

綾瀬が四係のデスクに戻ったのは、その日の午後九時を回った頃だった。

「お疲れ」

デスクにいたのは、相変わらず書類に埋もれた瑞木だけだ。

「お疲れ様です。係長だけですか？」

「俺だけだと悪いかよ」

顔も上げずに、瑞木はせっせと書類にサインを入れたり、判子を押したりしている。他の係長たちと比べて、現場に出ることを好む瑞木は、どうしてもこうしたデスクワークがおろそかになる。時には、この作業だけで深夜に及ぶこともあるらしいと、苦笑混じりに笹倉が言っているのを聞いたことがあった。

「いえ、別に」

綾瀬は手にしていた紙束をどさりと瑞木の前に置いた。

「うわ」

「やっとプリントアウトが終わりました。あちこち欠けていたところを補完していたので、思ったより時間がかかりました」

綾瀬が持ってきたのは、眞柄のパソコンから受信した大量の図面だった。このデータを持って、笹倉が卒業した大学の工学部に行き、機械工学科の教授に協力を依頼して、図面として完成させてきたのだ。

「やはり、微細部品の図面でした。協力して下さった先生によると、人工衛星やスペースシャトルなどの軌道修正に使われる電子基板に組み込まれる部品だそうです。特に人間が乗り込んで軌道を修正できない人工衛星を正確に軌道に乗せるために、絶対に欠かせない部品とのことです」

「ふん……」

ぱしりと図面の端を指先で叩いて、瑞木は鼻を鳴らす。

「こんな芥子粒《けしつぶ》がねぇ」

「芥子粒だからこそ、日本でしか生み出せないものだそうです。こうした微細部品は、理論上なら作れても、実作となると欧米人にはなかなか難しいのだそうです。ですから、この図面があっても、ロシアで実作できるかどうかは……」

「別に作らなくてもいいんだと思うがな」

両手を頭の後ろに組み、思いきり椅子の背もたれに寄りかかって、瑞木は言った。

「実作できなくてもいいんだ。ただ、これがＮＡＳＡで使われ、アメリカの戦略情報衛星に使われているという情報が大事なんだ。ついでに、その供給が一時的にでもカットできれば、なおよしといったところか」

「くだらないいたちごっこだと思いますが」

苦々しげに言った綾瀬に、瑞木が頷く。

「珍しいな。おまえと意見が合うとは」

ばさりと書類を投げ出して、瑞木は言った。

「俺も同感だ」

そして、すらりと立ち上がるといつものようにインスタントコーヒーをいれ始めた。

「おまえも飲むか？」

「いえ、私は」

大丈夫かと言いたくなるくらいどさりとコーヒーをカップに振り込み、ざっとポットの湯を注ぐ。

「ササの報告だと、すでにこの図面の一部は渡されたらしいな」

「ええ」

持ち帰った官給品のパソコンとフラッシュメモリを所定のロッカーにしまい、きちんと鍵をかけると、綾瀬はその鍵を瑞木に渡した。

「残りは金と引き替えと言っていました。取引は明後日、同じ場所で同じ時間。いつものようにコースターに書かれた待ち合わせの約束を、笹倉さんが読み取りました」

「情報は」

「フラッシュメモリでのやりとりになります。プリントアウトした図面では、この通りゅうに百枚を超えてかさばりますから」

「了解」

瑞木は手元にあったメモに、さらさらと綾瀬の報告を書き付けながら、内線を取った。

「……ああ、俺、瑞木だ。この前からうちで追っかけてた……いや、そっちじゃない。……そう、眞柄の方だ。逮捕容疑が固まった。明後日、現行犯でいってくれ。詳しいことは明日にでも。……じゃ」

瑞木が連絡したのは、オモテと呼ばれる、逮捕や検挙を専門とする班の捜査官だった。四係のオモテは佐々木《ささき》警部を班長とする班だ。瑞木班は容疑者に顔を知られないように捜査を続け、地固めをするため、オモテに対してウラと呼ばれている。容疑者に顔をさらしての逮捕は、オモテの仕事だ。一度オモテに回ると、二度とウラには戻らない。それが公安の鉄則である。

「これで、眞柄は逮捕されますね」

「そして、スパイ殿は失意の帰国だ」

瑞木は打ち合わせ用に書き上げたメモを大量の図面の上に置き、パチンとゴムでまとめるときちんとロッカーにしまい、鍵をかけた。

「さぁて、帰る……」

「待って下さい」

綾瀬は言った。

「国家公務員法違反は現行犯逮捕が原則ですね」

「ああ、そういうことになるか」

それが何か？　と瑞木の目が言う。綾瀬はゆっくりと息を吸い込んだ。

「それなら、真城はどうなるんですか」

「あ？」

「コルチャコフの検挙は、眞柄との接触で行います。それなら、真城はどうなりますか」

「現行犯で行くぜ？」

当たり前だろうと瑞木が言う。

「おまえ、頭がいいんだか悪いんだか、たまにわからなくなるな」

くっと笑われて、綾瀬は唇を噛む。

どうして、自分はこの男の前に出ると無様な姿をさらしてしまうのだろう。ものごころついてこの方、人前で惨《みじ》めな思いをしたことなど一度もなかったはずなのに。二階級降格の処分を受けた時でさえ、自分の表情は変わらなかったはずだ。それなのに。

「国家公務員法違反。すなわち、奴がやっていることは国家機密の漏洩《ろうえい》だ。わかるか？」

「当たり前です」

少しいらいらしながら頷く。そんな綾瀬を少しおもしろそうに見ながら、瑞木が言った。

「経営者である眞柄が、自社製品を営業目的に社外に持ち出しても、スパイに渡すまでは罪にならんが、内調という情報機関の職員である真城が、いわば自社製品と同じ扱いの国家機密を社外、すなわち内調の外に持ち出すのは、十二分に罪になるんだぜ？」

「あ……」

ふたりの容疑者。真城と眞柄があまりに似ているので、綾瀬は大切なことを失念していた。

づく。

幾度もその罪状を口にしていながら、その意味を正確に理解していなかったことに、今さら気
「奴のデッドドロップポイントはすべてつぶしたな」

「……そのはずです」

最初のデッドドロップポイントであった小さな社は、鍵がかかるようにして、中を開けられないようにした。次のポイントだった公園の百葉箱は、すでに使われていなかったこともあって、すぐに撤去させた。三つ目のポイントは今時珍しくなった公衆電話ボックス。使われることが少ないので、意外に安全なデッドドロップポイントなのだが、すぐにボックスを撤去させた。廃止の予定を半年ほど早めさせたのだ。

「真城と奴のデッドドロップは週に一度という高い頻度になっていました。ここ数日のうちには、必ず接触するはずです」

「そこが真城の墓場だな」

あっさりと冷たい言葉を投げて、瑞木は背を向けた。

「眞柄はもうオモテに渡した」

「はい」

「後は真城だ」

彼が軽く手を上げる。

「今のうちによく寝ておけ」

「はい？」

デスクの間を縫って、瑞木の広い背中が遠ざかる。

「おまえ、しばらく眠れなくなるだろうから」

ぱたりとドアが閉じた。

「眠れ……なくなる……？」

彼の言葉が綾瀬を縛った。

〝そうかも……しれないな〟

綾瀬の中にある真城は絶対に国を売ったりしない、清冽《せいれつ》な瞳を持った少年のままだった。しかし、現実には、彼は恥ずべきスパイ行為を行っている。それは綾瀬がこの目で確かめたことだ。そのギャップ。あり得ないことが現実に起こっているそのギャップに、綾瀬は悩んでいる。

眠れない。

確かにその通りだ。彼を逮捕して、彼が真実を、あり得ないことが起きてしまった……そこに至った真実を語ってくれるまで、綾瀬は眠れないだろう。

「でも……」

綾瀬はその後の言葉を飲み込んだ。

あなたなら、私を眠らせることができるのに。と。
まるで死んだように……意識を手放させることができるのに。

ACT 14

入り組んだ細い坂道。そこになぜか溢《あふ》れるほどの人の波。

「いつ来ても、渋谷《しぶや》ってのは、俺に馴《な》染《じ》まねぇ街だ」

二階建てのカフェ。吹き抜けになっているためか、妙に見通しはいい。

外は雨が降っていた。夜半から降り続けている雨に、道行くカップルの足下が泡立って見える。かなり激しい雨である。秋の雨は凍《い》てつくように冷たかった。

「馴染まなければ、無理にいらっしゃる必要はないと思いますが」

つけつけと綾瀬《あやせ》は言った。

「自覚はないのかもしれませんが、欧米では目立たないあなたも、ここではただの悪目立ちです」

「人のこと言えるか」

綾瀬と瑞木《みずき》は、店の計らいで、スクリーンを下ろすことで半個室になる隅の席にいた。それでも、やはり、若い客の多いこのカフェで、スーツ姿の美貌《びぼう》の二人連れは見事なまでに浮き上がっていた。

「……いいんですか」

らしくもなく、ぽつりと綾瀬が言った。

「何が」

外を見たまま、瑞木がほとんど唇を動かさずに答える。

「……容疑者の逮捕はオモテの仕事です。ウラの私たちが顔を出してしまっては……」

「ま、ほんとはまずいけどな」

あっさりと認める。

「でも、ま、仕方ねぇだろ。ソトイチは総出でお客さんの確保だ。こっちはじみーにやればいいだけの話だ」

今頃、眞柄《まがら》とロシア人ユーリ・コルチャコフの取引現場である小さな古びた喫茶店は、特異な雰囲気に包まれているだろう。公安部外事課がスパイ容疑の現行犯逮捕を行う時には、時にとてつもなく大がかりな罠《わな》を仕掛ける。取引が行われる場所が喫茶店やレストランだった場合、その店全部を借り切ることはもちろん、スタッフ全員が捜査官という状況を作る場合まである。さすがに厨房《ちゅうぼう》は本物のスタッフだが、ウエイターやウエイトレス、マネージャーまで、すべてを公安刑事で固めるのだ。今回は極東《きょくとう》担当の大物スパイが相手だ。四係はほぼ全員が動員されて、必勝のシフトが敷かれているはずだ。

「……来たな」

この場所を突き止めたのは、笹倉《ささくら》だった。信じられないことだが、ロシア人スパイは真城《しんじょう》との連絡に、初めて携帯を使ったのだ。携帯の電波など、公安の手にかかればだだ漏《も》れもいいところである。そんな初歩的なミスをインテリジェンスのプロが犯すはずもない。やはり、彼の帰国は迫っているのだ。情報を吸い上げるだけ吸い上げて、空っぽになった哀れな協力者を公安に投げつけて、その隙《すき》に逃げようという考えに違いない。まさに吐き気がするほど利己的で、スパイらしい後始末の仕方だ。

雨のしみこんだジャケットの背中は、いつものように丸まっていた。綾瀬たち以上に場違いな店の雰囲気に少しおどおどしながら、彼は意図的に空けられていた席、綾瀬たちと背中合わせの位置の席につく。

「……コーヒー」

少し掠《かす》れた声で言って、彼はやはり雨に濡《ぬ》れたビジネスバッグを膝《ひざ》の上に抱えた。

「……あの中ですね」

囁《ささや》く綾瀬に、瑞木は手の中に隠し持った鏡越しに、真城を観察し、軽く首を振った。

「え？」

「賭《か》けるか？」

ふふっと口元は笑っている。しかし、その栗《くり》色の瞳は少しも笑っていない。中に微《かす》かな金色の鋭い光が宿っている。

「ブツはバッグの中にはねぇよ」

そう言いしな、瑞木はさっと立ち上がった。綾瀬も慌てて後を追う。

「失礼」

膝に抱えたバッグの下で、真城のジャケットのポケットに入れられていた右手を押さえながら、瑞木はすっと胸元にバッジを覗《のぞ》かせた。

「公安部外事課の瑞木です」

「え……」

真城の目がまん丸に見開かれた。

「警察……」

「内調の真城さんですね」

こくりと頷《うなず》く。

「国家機密漏洩《ろうえい》容疑、国家公務員法違反で逮捕します」

「わ、私は……っ」

「綾瀬」

瑞木が顎《あご》をしゃくった。と、同時に押さえていた真城の手をポケットから抜きだし、そこに握りしめられていたフラッシュメモリを取り上げる。

「俺の勝ちだな」

ぽんと投げられたメモリを受け取って、綾瀬は固く唇を引き結び、幼なじみの顔を見ていた。

「悦夫《えつお》」

自分でも驚くほど、静かな声が出せた。

「私がわかりますか」

「え」

真城の目がまじまじと綾瀬の青白く整った顔を見つめた。

「あ……」

見開かれていた目がふうっと懐かしげに細められた。強《こわ》ばっていた口元が微かに微笑《ほほえ》む。くたびれた男の顔が、一瞬だけ、少年の顔になった。

「尚登《ひさと》……尚登か？」

綾瀬の顔がわずかに痛みをこらえる表情を浮かべ、すぐにそれを消した。綾瀬は頷くことなく、ジャケットの内ポケットに受け取ったメモリを落とし込み、そこからバッジを取り出す。

「警視庁公安部外事一課綾瀬です」

「尚登……」

瑞木が素早く手錠を取り出すと、目にも止まらぬ早さで真城の手首にかけた。

「時間を読め」

低く鋭い声。綾瀬は無表情の仮面をつける。

「午後六時十三分。真城悦夫、国家公務員法違反にて、現行犯逮捕」

唐突に雨の音が切れた。雲が割れ、黄昏《たそがれ》の暖かな光が真城の横顔を包んだ。

「……連行しろ」

低い上司の声に、綾瀬は機械仕掛けの人形のように、無表情のまま応じたのだった。


『……これは人工衛星の観測データですね』

何枚ものプリントアウトを机に並べて言ったのは、笹倉である。

『こっちが気象観測衛星「ほうおう」の観測データ、そして、これは天文観測衛星「あまのがわ」のもの。いずれも気象庁や文部科学省に渡されているものではなく、あなたたち、内閣衛星情報センターが管理している人工衛星で観測可能な各国の軍事施設データだ』

『……』

真城は無言のままだった。文字通り、石のように押し黙り、じっと机の上の一点を見つめている。

「ああいう男なのか？」

取調室の様子は、すべて別室のモニターで見ることができる。取り調べの一部始終は録画さ

れ、裁判時には証拠として提出することを義務づけられている。そのモニターを見ながら、瑞木が言った。

「どういう意味でしょうか」

綾瀬は、真城が所持していたフラッシュメモリのデータ解析をしていた。セキュリティキーは真城の自宅の家宅捜索で見つかり、意外なほどあっさりとその中身は白日の下にさらされた。

「自分の罪を認めないタイプの男」

「わかりません」

真城が持ち出していたのは、主に彼が専門としている人工衛星に関するデータだった。はっきり言って、それだけではさほど大きな価値のあるものではない。日本の打ち上げている気象衛星が収拾できる程度のデータは、ある程度の技術力を持つ先進国なら、どこでも持っている。危険を冒して持ち出すほどのものではないのだ。

「俺だったら、この程度のもの」

とんとんと、意外に細く長い指が綾瀬のパソコンのディスプレイを叩く。

「てめぇのクビかけてまで、持ち出しゃしない」

「それについては同感です」

フラッシュメモリに記録されていたのは、ほとんどがこの手のたぐいのものばかりで、はっきり言って、逮捕のされ損としか言いようがない。

「本当にこれが、持ち出されたもののすべてだったんでしょうか」

キーボードを叩く手を止めて、綾瀬はふと言った。

「確かに、このメモリにはこれだけしか入っていませんが、すでにコルチャコフに渡されたものの中に……」

『あなたの経済状態を調べさせていただきました』

取り調べに加わっていた結城《ゆうき》がぱさりと書類を投げ出す。

『機密を持ち出して、ユーリ・コルチャコフに渡していたあなたに対する見返りらしい金銭授受は認められませんでした。あなたの生活は驚くほどに質素で、公務員として手にする給与で完全に営まれていた』

机に手を突き、結城はじっと真城を見る。

『あなたはいったい何を目的に、こんな犯罪を犯したんですか？』


深夜の公安部は静まりかえっていた。綾瀬がキーボードを叩く音だけが、妙に反響して響き渡っている。

「やっぱり……無理か」

ぱんっと叩いたＥＮＴＥＲキー。しかし、戻ってきたのは『Ｅｒｒｏｒ』のそっけない答え。

綾瀬がすでに数時間挑み続けているのは、公安部のデータベースへのアクセスだった。いつもアクセスしているデータベースよりも、高次のものだ。ここにしまい込まれている情報は公安部の中でも、限られた上層部のものしか引き出すことができない。

睡眠不足で、頭の回転速度が上がらない。いくら考えても、綿の詰まったような頭では、これ以上何も浮かんでこない。

真城の逮捕以来、綾瀬は眠れなくなっていた。無理矢理にでも目を閉じても、浮かんでくるのは疑問符ばかりだ。

〝悦夫、どうして……？〟

迷いに迷って、ここに来た。

真城が生まれてから今日までのすべてを調べ上げ、握っているに違いない公安部のデータベースを開くために。

自分に初めてぬくもりを与えてくれた人のすべてを知るために。

〝悦夫にいったい何が起こったんだ……〟

「無理だろうなぁ」

突然、背後からよく響く声がした。思わず、肩が揺れてしまう。

〝どうして〟

相変わらず気配は見事なまでにない。ラバーソールでもない靴音まで消してしまう彼の歩き方とは、いったいどういうものなのだろうか。

「……お帰りになったんじゃなかったんですか」

振り返りもせずに綾瀬が問うのに、瑞木はのほほんとした口調で答えた。

「お帰りになったよ。だがなぁ、忘れ物があったし、何より腹が減ったもんで戻ってきた」

「腹が減ったって……」

「ああ」

ふいと彼の腕が伸びた。綾瀬の腕を摑《つか》み、ぐいとばかりに立ち上がらせる。

「係長っ」

「来いよ」

低く響く声。

「おまえが欲しがっているものは、俺が持っている」

「私が欲しがっているもの？」

綾瀬は上司の腕を振り払おうとする。

「そんなもの……っ」

「あるだろ？　それでおまえは」

大しておもしろくもなさそうに、瑞木は言った。

「それを俺から引き出すための極上のエサを持ってる。そいつが食いたくてなぁ」

「エサって」

「ああ」

彼の酷薄な唇が、ぞくりとするほど淫蕩《いんとう》にゆがむのを綾瀬は見てしまう。すうっと血の気が一瞬引き、次の瞬間、その引いた血の匂《にお》いが鼻の奥に生々しくよみがえるのを感じた。

「極上のエサだ」

はっと身を引くよりも、彼の動きの方がはるかに早かった。強く引き寄せて、逃げられないように背後から抱え込み、無理矢理に顎を摑んで振り返らせる。片手で簡単に捕らえられ、細い手首をまとめて摑まれて、動きが取れなくなる。

「おまえ自身がな」

抵抗も反論もする暇を与えられずに、唇をふさがれた。背後から強く抱きしめられ、首をねじられたような状態では、何も抗《あらが》うことはできない。

「ふ……う……」

息ができない。吐息をすべて奪われ、身体の自由も奪われて、きんと澄みかえっていたはずの理性がぼんやりとした白い霧の向こうに消えていく。

〝私が……エサだと……? いったい何を言っているんだ……この……人は……〟

顎を捕らえられ、簡単に唇は開かれる。おもしろがるように軽く綾瀬の唇を舐《な》めた舌が差し込まれてくる。

「ん……っ」

自分の中に押し入ってくる他人の体温。中を蹂躙《じゅうりん》される感覚。

「ん……ん……っ」

狭い口内で逃げる場所などなく、舌先を弄《もてあそ》ばれ、痛いほど深く絡め捕られ、またするりと唇の裏側を舐められる。唇をもぎ離そうとしても、舌先は離れない。絡め合ったまま、ただキスの角度が深くなるだけだ。

舌先だけのセックス。頭の中だけに響く生々しい水音が、綾瀬の意識を白く濁らせていく。

〝犯されて……いる……〟

ボタンをひとつ外すことなく、襟元《えりもと》ひとつ乱すことなく、この人は自分を犯している。自分の中に入り込み、自在に動き回り、この身体を内側から破壊し、強引に作り替えていく。冷たいアンドロイドから、わけのわからない本能に突き動かされるただの……モノに。

「……わかってるか、おまえ」

いつの間に、唇は解放されたのだろう。彼の声が聞こえる。

「今の自分がどんな顔をしているのか……さ」

「今の……顔」

頭の芯《しん》がとろりと淀《よど》んでいる。言葉がうまく出てこない。彼が嗤《わら》う。

「瞳も唇も濡らして、とんでもなくエッチな顔してるぜ」

「何……を」

「免疫がないってのは怖いよな。ディープキスひとつで、おまえの身体の奥にあるスイッチがオンになるってわけだ」

「……っ」

くるりと身体を返されて、両手を今度は後ろ手に摑まれる。そのままデスクに押し倒されて、体重を乗せられた。

「苦し……」

「もう……ここに血液が流れ込んでる」

「……っ」

彼の長い足が軽く蹴《け》るようにして綾瀬の両足を開かせ、その内側に片足を入れて、ぐうっと股間《こかん》を擦《こす》り上げてくる。

「スイッチが入っちまったら……もうだめだ。ほら……」

「あ……っ」

ぐうっと固く締まった太腿《ふともも》で、すでに熱を持ち始めてしまった窄《すぼ》みと甘く実り始めた果実を摺《す》り上げられて、微かな悲鳴がもれてしまう。

「俺もちっとは学習したんだぜ？　おまえに言うことを聞かせる方法をさ」

「何……ん……っ」

再び唇が奪われた。細い顎を摑まれ、唇を開かされて、強引に舌が入れられる。

「ん……ん……」

中に潜り込んでしまうと、彼はぞっとするほど優しく、淫蕩に、綾瀬の舌を舐め、絡ませ、嬲《なぶ》り上げる。

「く……う……ん……」

唇が濡れる。体中の血液と体温が下腹にわだかまる。身も世もなく声を上げて、彼の固く引き締まった太腿に己を擦りつけ、この熱をすべて吐き出したい衝動にかられる。

〝やっぱり……私は壊されたんだ……〟

あの夜。

あの地獄のような夜に、この身体は作り替えられたのだ。身体だけではない、心までもが壊され、何か別のものに作り替えられてしまった。

彼に触れられ、濡らされ、生々しい体温を注ぎ込まれ、かき回されて、この身体は別のものに変わっていく。

「……ＯＫ」

彼が色悪《いろあく》とでも言いたくなるような凄艶《せいえん》な笑みを浮かべて、ぐったりと横たわる綾瀬を見下ろした。

「スイッチは入れてやった。後は……そのボリュームを上げるか、どうにかしてスイッチを落とすか……おまえが選べばいい」

「え……」

体温が離れていく。最後まで、やはり襟元ひとつ乱すことのなかった彼が、さらりとジャケットの裾《すそ》を翻《ひるがえ》すのが、ぼんやりと熱っぽく潤んだ瞳に映る。

「あ、あなたは……っ」

「ああ、忘れてた」

ふわりと栗色の髪が闇《やみ》で舞う。

「で、忘れ物の方はこれだ」

小さなカードのようなものが飛んできた。慌てて受け止めると、それはほとんど使うことのない彼の名刺だった。裏を返すと読みにくい走り書きでいくつかのアルファベットと数字が書き込まれている。

「これ……は」

まだもつれる舌でつぶやく。彼が笑った。

「おまえが今、二番目に欲しいもんだ」

「二番目……」

意味不明の文字列を幾度も幾度も見て、それが意味不明だからこそ意味を持つことに気づいた。

「パスワード……」

高次のデータベースにアクセスできるのは、公安部の上層部のみ。四係の係長であり、警視正という現場では最高の階級である瑞木が、それを持っているのは当然だった。

「それ、三日に一回変わるから。後生大事に持ってても意味ないぜ。確か午前零時には役立たずになる」

彼がさらりと手を振った。

「……じゃあな、シンデレラ姫」

指の長い手の残像が、まだ潤みのとれていない瞳に映る。

「俺がどこかでイッちまわないうちに……」

「何……っ」

立ち上がろうとして、膝ががくりと折れる。思わずうめき声を上げてしまいそうなほど、身体の深いところが熱く重い。

「おまえが……今いちばん欲しいものを取りに来い」


何もない部屋だった。

明かりすらない。わずかな光らしいものは、カーテンを開け放したままのガラス戸から射し込む月明かり。

「よぉ……」

ドアを開けたこの部屋の主は、羽織っただけのコットンシャツにジーンズという、見たこともないほどくつろいだ姿だった。

「どれ」

瑞木の指がくいと綾瀬の顎を持ち上げる。

「スイッチはまだ切れてないようだな」

「……離して下さい」

綾瀬は顔を背けると、ポケットに入れてきた名刺を取り出した。

「これを返しに上がっただけです」

「おまえにしちゃ、間抜けな言い訳だな」

彼の長い指がゆっくりと綾瀬のうなじのあたりにまつわり、すうっと髪の中に手を差し込まれた。そのままぎゅっときつく握りしめられると、否応なく顔が上を向いてしまう。

「痛い……っ」

「自分で抜かなかったのか？　まだ、目が潤んだままじゃねぇか。よく、ここまで無事にたどり着いたな」

「何……を」

「俺がおまえみたいなのをその辺で見たら、すぐにどっかの物陰に引きずり込むぜ？」

「あなたの言っていることは……犯罪行為です」

「だからさ」

髪を摑んだまま引き寄せられ、腰を抱かれる。

「そんだけ、おまえがエッチくさい顔してるってことさ」

露骨な物言いは、恐らくわざとだ。

「どうだ？　身体の奥が疼《うず》いて仕方ないだろう？　もう、ここも……」

軽く下腹部を摺り合わされて、思わず声が出そうになってしまう。

彼の言うとおりだ。

身体の奥に、彼がつけてしまった小さな炎は、トップシークレットを引き出している間も、ちろちろと燃え続け、綾瀬を苦しめていた。何度、ファスナーを下ろして、下着の中に手を伸ばそうとしただろう。それをしなかったのは、瑞木のパスワードで引き出した情報が、あまりに衝撃的だったためだ。目から入ってくる情報を正確に記憶しながら、綾瀬の情動の部分は揺らめき続けていた。

〝彼は……スイッチを入れたと言った〟

今まで、綾瀬に触れたものはいなかった。彼の周囲に張り巡らされている清冽《せいれつ》で冷たいオーラにみな弾《はじ》き飛ばされ、スイッチを入れるどころか、綾瀬に体温があるかどうかも、知らなかったに違いない。

「ああ……いい感じにしなってるな。もう……痛いくらいだろう?」

耳元に吹き込まれる滴るような男の色香を含んだ声。腰を抱いた腕で引き寄せられ、ファスナーをゆっくりと擦り下ろすように下ろされ、しっとりと濡れてしまった下着の上から、甘く実った果実を柔らかく手のひらで撫で回される。

「スイッチは切れなかった。かえって……ボリュームが上がったな」

「離して……下さ……っ」

綾瀬は知っている。

自分がここに引き寄せられるように来てしまった理由を。

「……っ!」

「いい感じに濡れてるな。気持ち……いいだろ?」

着衣が乱されていく。まるで、きれいに薄い果実の皮を剝《む》き取るように、彼は綾瀬の素肌を月明かりの元にさらしていく。

ここにいる自分は自分ではない。

常に氷の仮面をつけ、有能で正確無比、冷静沈着、時に酷薄非道な綾瀬尚登は、ここにはいない。ここにいるのは、自分の上に君臨し、踏みしだき、引き回し、意のままに操る存在を求める動物だ。

ここでなら。この男の元でなら、自分は倒れることができる。跪《ひざまず》いて、許しを請い、泣き喚《わめ》き、気を失うまで、痛みと快楽の狭間《はざま》に溺《おぼ》れることができる。

〝あれは……確かに快楽の一種だった〟

初めて、彼とセックスをした夜。彼が『強姦《ごうかん》』とうそぶいたあの行為の夜。幾度めかの貫通で、この身体は確かに痛みとは別のものを感じた。それを快感と呼んでいいのかは、正直わからない。しかし、この身体はその瞬間震え、戦《おのの》き、信じられないような叫び声を上げて、果てた。それだけは、いくら目を閉じても、頭を振っても消えない事実。

〝だから、その正体を……知りたい〟

彼は、それをスイッチと呼んだ。生々しいセックスを連想させるディープキスで、彼は綾瀬を氷の人形から、生身の、どこまでも堕《お》ちていく動物に変えてしまったのだ。

「来いよ」

すべてを剝ぎ取られた。着衣と共に、プライドも見栄《みえ》も矜持《きょうじ》も、すべてを剝ぎ取られた。ここに立っているのは、本能だけで出来上がったもうひとりの自分だ。あの瞬間まで、ずっとずっと封じ込められてきた激しい本能だけの存在。プライドをかなぐり捨てて、痛みに泣き、見栄を捨てて、快楽に鳴き、叫び声を上げて果てる、醜悪で美しい生き物。

「おまえがいちばん欲しいものをくれてやる」

シャツを脱ぎ落とした男に抱かれて、綾瀬は濡れた吐息を零《こぼ》していた。

「は……あ……ああ……ん……っ！」

高く抱き上げられた腰がしなる。滑らかなシーツを掴み、感極まった声を上げながら、揺さぶられるままに腰を振る。

この世の中で、今、いちばん信じられないのが自分だ。

感情などないアンドロイド。体温など持たない氷の人形。そう言われ続けてきた自分が、男に組み敷かれ、背後から高々と腰を抱え上げられて、激しく突き上げられている。白い尻《しり》の間にある小さな窄みに、信じられないほど大きくなった男の楔《くさび》を埋め込まれて、快楽に顔をゆがめながら、促されるままに腰を振っている。

「あ……い……いい……っ」

「これが……欲しかったんだろ」

深々と貫いて、男が笑った。

「あ……あ……っ！」

今夜、二度目の情交だった。一度目は入れられただけで、声を上げる間もなく達してしまった。背後から突き入れられ、その瞬間に射精してしまったのだ。

「頭で感じるなよ。身体で感じろ」

そして、二度目は綾瀬が泣きながら許しを請うまで、全身を嬲られ、声を上げてしまったところを徹底的にいたぶられた。シャツの上からでも感じていた乳首を舐め回され、固く尖《とが》ったところを嚙まれて、もっとと叫ばされた。首筋や鎖骨のあたりに、泣き声を上げるほど痛いキスを繰り返された。大きく広げた太腿の内側にはすでに幾筋もの雫《しずく》が滴り、シーツは濡れそぼっている。

「欲しかったら……ねだってみろよ」

彼はそう言った。深々と綾瀬を貫き止め、その動きを止めて、彼は言った。

「欲しかったら、ねだってねだって……欲しいと言え。欲しくて仕方ないと言うんだ」

身体の奥が疼いている。

「欲し……い……」

ここを突いて。壊れるくらいに激しく突いて。そして、注いで。溢れるくらいに注いで。

もう身体は限界に近かった。いつもは朱鷺《とき》色の小さな乳首は、すでに牡丹《ぼたん》色に熟《う》れてぷっくりとふくらみ、固く実り立った果実もとろとろと果汁を零し続けている。

「欲しい……っ！」

生まれて初めて叫んだ言葉。自分の中に潜んでいた願望が声になって溢れ出す。

もっと愛して。もっと奪って。もっと激しく。もっと熱く。

「早……く……っ！　欲しい……っ！」

身も世もなく、恥ずかしげもなく、本能のままに叫ぶ。

「欲し……い……っ！」

その瞬間、一気に背後から突き上げられて、綾瀬は叫び声を上げていた。

「ああ……ん……っ！」

衝撃。そして、律動。膝が浮き上がるほど高く腰を抱え上げられ、両手をベッドのヘッドボードに突いて耐えなければならないほど、激しく。

「あ……あ……あ……っ」

突き上げられて、ただ声を上げ続ける。

絶対の君主。たったひとり、綾瀬を踏みしだき、従わせ、跪かせる力を持つ男。いくら綾瀬が手を伸ばしても、彼には届かない。はるか高みから綾瀬を見下ろし、また、綾瀬など覗き見ることもできないような遠いところを見ている男。

「あ……ああ……ああ……ん……っ」

壊されることに快感を覚える自分が不思議だった。めちゃくちゃに揺さぶられ、壊され、引きずり回されることに快感を覚える。それは危険だからこそ快楽がいや増す、背徳の悦《よろこ》びであり、自分が認めた、自分よりも優れた男に快楽を与えられるという、逆転の優越感の喜びでもあった。

「……可愛《かわい》い子だ」

艶《つや》やかな声が耳朶《じだ》を愛撫《あいぶ》する。

「ご褒美《ほうび》だ……先にイッちまえ」

「あ……ああ……っ！」

彼の手はずっと綾瀬のものを握りしめていた。その手がぐうっとしごき上げるようにしてから、離れていく。押さえられ、つぶされていたものが一気に解放されて、綾瀬は二度目の快感に、甘く掠れた声を上げる。と、間髪入れずに、彼が体位を変えた。よつんばいになっていた綾瀬を抱き上げ、両足を大きく広げさせて、ベッドにあぐらをかいた自分の上に座らせたのだ。

「……っ！」

一気に今まで入れられたことがないほどの奥まで貫かれて、綾瀬は声にならない悲鳴を上げた。彼の手に両足を広げられ、大きく仰《の》け反《ぞ》ってしまう。

「あ……イ……イク……っ」

快楽を極め、雫をほとばしらせたばかりなのに、またすぐに固く反り返ってしまったものを自分の両手で擦り上げる。下から突かれ、揺さぶられ、固く尖ったままの乳首を揉《も》まれて、もう自分がどこにいるのかもわからない。何をしているのかも、何をされているのかもわからない。ただ、凄《すさ》まじいまでの快感に全身を支配される。

「あ……っ！　あ……っ！　ああ……！」

彼が中でイッたのがわかった。熱い雫が注ぎ込まれる。身体の奥が焼けつく。全身に軽い痙《けい》痙攣《れん》が走る。半ば失神した状態で、彼の肩にがくりと崩れ落ちる。

「……おまえがいちばん欲しいものをくれてやる」

艶めいた男の低く掠れた声。さらさらと髪を撫でられる感触。

「さぁ……何もかも忘れて……」

眠るがいい。

ACT 15

取調室に真城《しんじょう》が連れてこられたのは、午前九時を回ってからだった。彼の逮捕からすでに二日が過ぎていた。拘留期限までそれほどもう時間は残されていない。

「今日の取り調べは、俺と綾瀬《あやせ》だ」

瑞木《みずき》の言葉に、結城《ゆうき》が記録用のパソコンを開いて、頷く。

「あなたの経歴を調べさせていただきました」

真城の向かいには、綾瀬が座っていた。

「どこにも傷のない素晴らしいものです。防衛大学を首席で卒業。陸上自衛隊に入隊されてからも、順調に昇格されている。処分は一度も受けていらっしゃいませんね」

「……処分を受ける理由はありませんでしたから」

真城が穏やかな口調で答えた。ちらりと彼を見てから、綾瀬は言葉を続ける。

「自衛隊では、市ケ谷《いちがや》の中央情報保全隊に配属されていますね。もっとも若い配属だった」

「そのようですね。よく知りませんが」

瑞木が渡してくれたパスワードで開いたデータベースにあった真城の経歴は、まさに微に入り細に入り、よくもここまで執拗《しつよう》に調べ上げたと感心するほどのものだった。自衛隊の情報機関である情報保全隊から、政府の情報機関である内閣調査室と渡り歩いた真城である。思想偏向の要素がないか、まさに生まれたところからの経歴をすべて調べ上げられたのだろう。

〝彼が養子に出されたのは、やはりDVがきっかけだったのか〟

綾瀬の記憶では、高谷悦夫《たかたにえつお》の家は、やたらに家族が多いという印象があった。調べてみると、彼の生まれ育った環境の異常さが浮き彫りになった。彼の家には、父と呼ばれる人物が一人にもかかわらず、母と呼ばれる人物が三人いた。子供は全部で六人。つまり、妻妾《さいしょう》同居していたのである。悦夫は本妻の子供だった。彼はやはり日常的に暴力を受けていたという。大人びた容姿や思考が、異常な生活を平気で送る大人たちに嫌われたのだろう。彼は父からも母と呼ばれた女たちからも暴力を受け、最終的には男の子を欲しがっていた父の親族の元に養子に出された。そこが自衛隊員の家だったのである。

「繰り返しになるかと思いますが、答えていただけないので、何度でも伺います。あなたはどうして、このような事件を起こされたのですか？」

真城は静かに目を閉じていた。やつれてはいたが、顔立ちは端整だ。逮捕されてしまった今、彼は何を思うのだろう。なぜか、追尾していた時よりも若返って見えるような気がした。

〝彼にスパイ行為の自覚はあった〟

だからこそ、あれほど人目を恐れて、おどおどとして見えたのだろう。機密を持ち出しているという後ろめたさが、彼を苦しめていたのは確かだ。しかし、なぜ、そうまでして、彼はスパイ行為を働き続けたのか。

「あなたの経歴も、経済状態も、暮らし向きも、すべて調べ上げられています」

「……幹部自衛官なら当然でしょう」

真城は静かに答える。

「その上、私は何もしていなかったとはいえ、諜報《ちょうほう》機関にも所属していました。逆に言えば、今まで何の咎《とが》めもなかったことの方がおかしかったんです」

そして、彼はふっと笑った。

「そのおかしさに気づかなかった私は、やっぱりスパイにもなれなかった。あなたたちにマークされていることなど、夢にも思わなかった」

「何もしていなかった」

わずかな言葉尻をとらえたのは、瑞木だった。

「あんた、今そう言ったな」

「ええ」

壁にもたれるようにして立っていた瑞木がすうっと真城に近づく。

「あんた、内調に移って何年だ」

「お調べになったんでしょう?」

「答えたって減るもんじゃねぇだろ」

上品な容姿から繰り出される伝法な口調に少し驚いたように目を見はってから、真城はまた少し笑った。

「三年です」

「その間、何もしていなかった……」

「ええ」

〃確かに、彼がこつこつとやっていた研究データにアクセスするものはなかった〃

「私がずっとやっていたのは、情報戦略衛星、つまり軍事衛星の開発です。日本にはあってはならないことになっていますが、研究だけはずっと続けるよう指示されていました」

突然、彼が堰《せき》を切ったように話し出した。

「研究は好きでした。できることなら、大学で研究者として生きていきたかった。でも、私は恵まれていたと思います。自衛隊という、まったく私の望んでいなかった道に進んでいながらも、やりたかった宇宙関係の研究を続けることを許されたのですから」

〃天文学者になりたい……悦夫はいつもそう言っていた〃

愛してくれるはずの家族から暴力を受け続けていた少年は、いつもひとりで空を見つめていたのだろう。いつも、いつも、たったひとりで。そう、綾瀬に会うまでは。

「陸自での研究が認められて、内調に移って、私は夢を見ているようでした。内調は政府直轄の組織です。国の中に収まっている陸自とはいろいろな意味で権限が違う。もっともっと研究を進められる。そう望まれている。私はそう考えていました」

「なるほどね」

瑞木がすっと姿勢を元に戻した。

「あんたに甘い……というのは酷だな」

「内調に移って、すぐに自分の立ち位置がわかりました」

真城の口調が苦くなった。

「誰も私が研究を進めることを望んではいませんでした。ただ、そのふりをしていればいい。同盟国から突っ込まれた時に、こうして政府の情報機関に専任の研究者を置いて、ちゃんと研究させている。そのポーズのためだけに自分がいることは、着任して、すぐにわかりました」

「わかっちまったか……」

天を仰いで、瑞木がため息をついた。

「あんたがもうちっとばかりお馬鹿さんだったら、よかったのかもな」

「どうでしょうか」

真城がまた笑う。

「真に私が聡明であったなら、あの場所でそれなりに順応して、淡々と仕事を進めることができたでしょう。そして、やりたいことはプライベートでやればよかった。実際、天文学のアマチュア研究者はいくらでもおりますし、大きな発見をしている方たちも少なくありません」

「天文学をやりたかったんですね」

言葉を挟んだ綾瀬に、真城は優しく頷いた。

「夢だよ」

一瞬だけ、時間が戻った。

あの頃、図書館から借りた天文学の本を挟んで、こんな風に向かい合った日があった。あの時から、どれほど長い時間が流れ、どれほど世界は変わってしまったのだろう。あの頃の二人は夢という同じところを見つめていた。しかし、今の二人は警視庁の取調室で、刑事と容疑者として、向かい合っている。

「あんたが接触していた相手は、ロシア人スパイだった。そのことは？」

「最初は本当にわかりませんでした。外務省のパーティで会って、挨拶《あいさつ》をしただけです。その一週間くらい後に、突然電話がかかってきて、会いたいと」

「どんな理由で、会いたいと言ってきたのですか？」

「パーティで、私がつけていた時計のことでした」

「時計？」

「ええ。小型の星座盤が組み込まれているちょっと変わったものです。それをよく見せて欲しいと言われて」

　スパイの切り口はどこにあるかわからない。それは意外なところにぱっくりと口を開けているのだ。

「私に少しでも興味を持ってくれた彼に、私は飛びつきました。彼は話題が豊富で、その上、聞き上手でした。私が次から次に話す天文学の話も嫌な顔ひとつせずに聞いてくれました。いつの間にか、私は彼に自分の研究のことまで話すようになっていました」

「スパイの常套《じょうとう》手段だ」

　瑞木がうめくように言う。

「あんたがもっと馬鹿か利口だったらなぁ……」

「彼が本性を現したのは、出会ってから一ヶ月ほど経った頃でした。彼は……私にある交換条件を提示してきました」

「交換条件？」

「自分はロシアの情報機関の人間だ。どんな情報でも手に入る。あなたが……欲しがっているロシアの宇宙開発についての情報も」

「あ……」

　盲点とはこのことだろう。

「金なんかいらない。そんなものいらない。欲しかったのは……知識だった」

深くうなだれ、真城は両手で自分の頭を抱え込む。

「まだ知らないことを……知りたいだけだった」

〝彼は……あの頃のままだったのか……〟

「彼に渡したのは……『ほうおう』と『あまのがわ』から送られてくるデータとそれぞれの衛星に搭載されている観測機器のスペック、衛星の設計図です。彼は……不満そうでしたが、今の私にできることはそれくらいなんです」

自嘲《じちょう》気味に彼は言う。

「内調のホシ担当なんて……そんなものなんです。彼は……危機管理の上から言っても、そんなことはあり得ない。おまえは何を隠しているって……スパイ行為をすでに行ってしまった今になっても、何を隠すって……さんざん言われましたが、本当に私は自分のやっていることしか知らないんです」

「向こうからの見返りは何でしたか」

綾瀬は深く息を吸い込んでから言った。

「あなたは、スパイ行為の見返りに欲しいものを手に入れられたのですか？」

彼が顔を上げた。笑えばいいのか、泣けばいいのか、わからないような顔だった。

「奴が私にくれたのは……」

涙が頬《ほお》にすうっと伝うのが見えた。顔をゆがめて嗤いながら、彼は涙を流していた。

「ロシアで市販されている天文雑誌でしたよ」

そして、机に顔を伏せ、彼は声を上げて泣いていた。

「ササ」

コンコンと瑞木がマジックミラーを叩いた。

「替わってくれ」

そして、彼は壁から身体を離すと、綾瀬の肩を軽く摑んだ。

「行くぞ」

「……はい」

笹倉《ささくら》が入ってきた。別室でモニターしていたので、話の内容は把握している。綾瀬の肩を軽く叩くと、立ち上がった綾瀬と入れ替わった。

「尚登」

瑞木に促され、取調室を出て行く綾瀬の背中に、真城の声がそっとかけられた。

「……はい」

背を向けたままで、綾瀬は答える。久しぶりに呼ばれた自分の名前。

「何か」

「私は……うまく生きられないまま、ここに来てしまったけれど」

どうしようもなく胸が痛い。感じたこともない胸のうずきに、肩が震えそうになる。

「君は、少しはうまく生きられるようになったか?」

「……わかりません」

振り向かずに、綾瀬は言った。

「わかりませんが、生きていくしかないでしょう」

「……そうだな」

瑞木の腕が背中を抱くのを感じた。

「だが、少なくとも君はひとりじゃない」

最後の言葉が胸を撃ち抜く。

「ずっと……それだけが心配だったんだ」

ACT 16

「おや、おそろいで」

ノックもせずに検事室のドアを開けても、美貌の検事は驚いた様子も見せずに、おっとりと言った。

「お客さん、本日離日だってね」

眞柄《まがら》が逮捕されて一週間、ロシア人スパイ、ユーリ・コルチャコフはひっそりと離日しようとしていた。

「ああ」

書類をざっと片付けて、陸《くが》はくるりと椅子《いす》を回した。

「お疲れ様。眞柄と真城《しんじょう》は送検されたんだね?」

「二人とも認めてるからな。起訴も早いだろ」

「何となく後味よくないねぇ」

いつものように、事務官の青年が運んでくれたコーヒーを手にして、陸は優雅にため息をつく。

「真城くんだっけ？　彼が情報戦の最中ではなく、象牙《ぞうげ》の塔にいたなら、どれほどの成果を上げていただろうね」

「ああ、俺もそれは思った」

瑞木《みずき》が煙草《たばこ》をくわえる。

「人は咲く場所を間違えちまうと、這《は》い上がることのできない地獄に堕ちて行ってしまう。そこに蒔《ま》かれたものは同じ種であるのにな」

「彼の経歴、ざっと見せてもらったけど、何だか自分の意志を通す場所がどこにもなくてねぇ、見ているだけで息が詰まりそうだったなぁ。犯罪者には同情しないことにしてるし、今回もそれは変わらないけど、後味は悪いね」

「陸検事」

綾瀬《あやせ》はすっと頭を下げた。

「この度はいろいろとお世話になりました。どうもありがとうございました」

「どういたしまして。大したことはしてないし、君のためにやったわけでもないから」

「はい？」

「うん」

にっこりと白皙《はくせき》の美貌が微笑む。

「僕ね、瑞木に弱いだけだから」

「は、はい？」

珍しくも、綾瀬の声が跳ね上がった。

「弱いって」

「うん、もうね、僕、瑞木が可愛くて可愛くて。本当なら、名字なんかじゃなくて、名前呼んで可愛がりたい……」

とろけるような笑顔をぽかんと見つめてしまう。と、瑞木がものすごい勢いで、陸の口を封じにかかった。

「紛らわしい言い方するんじゃねぇっ！」

何が起こったのか、まったくわからない。わかったのは、この二人が単なる刑事と検事の関係ではないということだ。

「綾瀬っ！」

「はい」

「誤解すんなよっ」

「何をですか」

「誤解じゃないよぅ」

「誤解だっ」

ふうっと綾瀬はため息をついた。

「誤解する以前に、理解できていません」

綾瀬の答えに、陸がくすくすと笑っている。

「さすが、わが弟が惚《ほ》れ込んで引っこ抜いた人材だね」

「はい？」

〝弟？〟

表情は変わらないものの、少し瞬きが多くなった綾瀬に、瑞木は心底嫌そうに言った。

「この人は俺の実の兄だ。もっとも、俺が生まれてすぐに両親が離婚してるから、名字も違うし、一緒に暮らしたこともほとんどないがな」

「でも、血は水より濃いよ。顔見た瞬間にわかったし、ああ、可愛いなって思ったし」

「その可愛いっての、やめろっ」

〝つき合ってられないな〟

綾瀬はぺこりと頭を下げるとやたら美形の兄弟に背を向けて、ドアを開け、さっさと歩き出していた。

外はよく晴れていた。足下を枯れ葉がかさかさと転がっていく。

刑事部にいた頃には、こんな空の高さに気づかなかった。

「刑事部に戻りたいか？」

背後の高いところから、よく響く声がした。

「自分のやったことに後悔することはないんだが、今回ばかりはちょっと想定外だったからなぁ」

「どういうことですか？」

綾瀬が振り返ると、相変わらずスラックスのポケットに両手を突っ込んで、瑞木が歩いてくる。

「おまえを公安に引きずり込んだのは俺だからな。たとえ降格になっても、おまえを刑事部に置いたままだったら、あの幼なじみの姿を見る必要はなかった」

真城は拘置されたままだった。内調の職員が起こしたスパイ事件なだけに、マスコミの扱いは大きい。結果的に機密漏洩というほどのものではなかったのだが、やはりスパイと接触してしまったことは紛れもない事実だ。

「後悔してるんですか？」

綾瀬は立ち止まった。

「私を刑事部に戻すんですか？」

「すぐには無理だけどな。ま、いったん所轄にでも出て、ちょっと我慢してもらえれば……」

「今さら、私をあなた並みに扱える人間がいると思っているんですか」

遮《さえぎ》るように言った綾瀬の強い口調に、ぴたりと瑞木の言葉と足が止まった。

「何？」

綾瀬はゆっくりと瑞木に近づく。口元に浮かぶ少しゆがんだ笑みが、目の前にいる男ととてもよく似たものになっていることには気づかないままに。

今さら、後戻りなどできるはずもない。

この身体は彼に作り替えられて、彼の元に傅《かしず》いた。この瞳は彼を見つめ、この唇は彼を求める。

「私を一度でも手の中におさめてしまった以上、簡単に手放せるなどと考えていただきたくないですね」

強靭《きょうじん》で美しくて、どこか淫蕩な影もほの見える『アンドロイド』の微笑み。すっと彼の手が伸びた。長く貴族的な指が、ゆっくりと綾瀬の唇をたどる。キスを感じさせる動きで唇を撫で、頬を撫で、ゆるやかに髪をかき上げる。

「……確かに」

彼の瞳が微かに金色に輝くのが見えた。

「……手放したくは……ねぇな」

この心も身体も。あなたがすべて作り上げたものだ。

今、あなたの前にいるこの私は、あなたに初めて会った日の私ではない。たったひとつの温かな記憶に頼って生きていた寂しい子供ではない。

「おまえの言うとおりだ」

にやりと不敵な笑みを見せて、唯一無二の絶対君主が言う。

「俺をすべてにおいて満足させられるのは、確かにおまえだけだ」

身も心も、何もかもすべてにおいて。

熱くひとつに溶ける瞬間には、知性などかなぐり捨て、ぎりぎりに神経を尖らせる瞬間には、背中を任せるパートナーとなる。

高検の駐車場。飛んできた車のキーを片手で受け止めて、綾瀬はするりと運転席に滑り込んだ。助手席の座席をいっぱいに後ろまで下げて、瑞木はシートを倒す。

「着いたら起こせ」

エンジンをかけながら、綾瀬は頷く。

「はい」

車が滑り出す前に、瑞木は目を閉じていた。

〝そういえば……〟

アクセルを踏んで、綾瀬はふと思う。

「人の寝顔なんて……」

今まで見たことがあっただろうか……と。

すべてを任せ、眠る人の顔など、見たことがあっただろうかと。

ハンドルを切って、高検を出る。

あなたが私を眠らせてくれたように、私もあなたを眠らせることができるのだろうか。

「あ……」

ちらちらと窓の外を舞い始めたのは、早い冬の訪れを示す小さな雪片。

それは幼い孤独の夜に見た桜の花びらを思わせる儚《はかな》さで、あっという間に消えていく。

「雪か……」

隣から低い声。綾瀬は小さく首を振った。

「すぐに消えます」

もう、この身も心も、あの夜の私ではない。

「着いたら起こしますから」

「ああ」

再び目を閉じた人の横顔を見て、綾瀬は走り出す。

その目はただ、前だけを見ている。

隣に眠る人の体温を感じながら。

あとがき

こんにちは、春原《すのはら》いずみです。みなさま、お元気ですか？

相も変わらず、かめなペースでのこのこと書き綴《つづ》ったキャラ文庫、八ヶ月ぶりの新刊でございます。

「何を書きましょうか」

いつもの担当Yさまとの打ち合わせ。当時、私は某刑事ドラマにドはまりのまっただ中でした。

「春原さん、刑事物お好きですよね」

そりゃ、あちこちで熱く語ってましたからねぇ。Yさまお見通し。

「やってみませんか？」

「うーん……でも、刑事物は書かれている方多いし」

「大丈夫です。春原さんが書けば、普通のモノにはなりません」

断言かよ、おいっ！　とツッコミながら書いてみた刑事物は……確かに普通ではありませんでした（笑）。

公安警察に興味を持ったのは『カウンター・エスピオナージ』という言葉を目にしたことか

らでした。『エスピオナージ』すなわち『スパイ』。何で、それが公安と関係があるの？

　警視庁公安部というと、何となく刑事ドラマでは官僚的悪役っぽいイメージですが、実際にはスパイハンティングを使命とする外事課もここに属しています。公安警察については非常に資料も少なく、実態がほとんど知られていないため、思いきりフィクションしちゃいましたが、その秘密っぽいところにそそられて、今回の刑事物は公安を舞台としたものになりました。私が夢見ていた（笑）刑事物とはずいぶんと違うものができてしまいましたが、楽しんでいただけたでしょうか。素材の性質上、いつもの春原節と呼ばれるものとは少しタッチの違うものができたようで、担当Yさんのいつもと違う部分（！）のダメ出しに大爆笑した春原でございます。いや～『Ｃｈａｒａ《キャラ》』での仕事長いですが、〇〇〇のダメ出しは初めてでしたよ、Yさんっ！

　いろいろな意味で大人な作品となった今回のイラストは、宮本佳野《みやもとかの》先生にお願いいたしました。お忙しい中、上品かつ大人な色気のあるキャラたちをありがとうございました。私的には、陸さんが一番のツボでした。

　そして、この本を手にとって下さった皆様へ、心からの感謝を捧げて、ページを閉じることと致します。SEE YOU NEXT TIME！

朝六時、出勤前（笑）に　　春原　いずみ

この本を読んでのご意見、ご感想を編集部までお寄せください。

《あて先》〒105－8055　東京都港区芝大門2－2－1　徳間書店　キャラ編集部気付
「警視庁十三階にて」係

■初出一覧

警視庁十三階にて……書き下ろし

警視庁十三階にて

【キャラ文庫】

2010年5月31日　初刷

著者　春原いずみ
発行者　吉田勝彦
発行所　株式会社徳間書店
〒105-8055　東京都港区芝大門2-2-1
電話048-451-5960(販売部)
03-5403-4348(編集部)
振替00140-0-44392

印刷・製本　図書印刷株式会社
カバー・口絵　近代美術株式会社
デザイン　間中幸子・海老原秀幸

ISBN978-4-19-900572-5

好評発売中

春原いずみの本

【真夜中に歌うアリア】

イラスト◆沖銀ジョウ

清楚で可憐な天上の歌声で、一世を風靡《ふうび》したボーイソプラノ歌手――そんな過去を持つ仲嶋聖《なかしませい》也《や》は、音大に通う二年生。ある日聖也の指導教官となったのは、なんと日本を代表するテノール歌手の森《もり》上《がみ》哲《てつ》哉《や》!! 聖也のレッスンだけ平然と特別扱いする森上は、周囲の嫉妬を無視して、再デビューを計画!! これはミューズに愛された美貌の貴公子の、優雅な退屈しのぎなのか…聖也は真意が掴めずに!?